넌피플

NON PEOPLE

초판 1쇄 2012년 2월 25일

글 · 그림 고리타

발행인 강우식
에디터 서은정
마케팅 박창석 · 박관호
경영지원 이창대
디자인 김숙연

펴낸곳 (주)코리아하우스콘텐츠
주소 경기도 파주시 교하읍 문발리 535-7 세종출판벤처타운 B05호
구입문의 031-955-1057~8
내용문의 031-955-1057~8
FAX 031-955-1059
홈페이지 http://blog.naver.com/koha2008
등록 제406-2010-000058호
ⓒ고리타 · (주)코리아하우스콘텐츠 · 2012

ISBN 978-89-93769-74-6 17810
978-89-93769-73-9 (세트)

넌피플 1

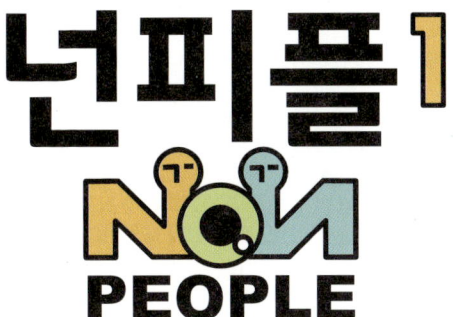

PEOPLE

글·그림 **고리타**

코리아하우스
Koreahouse

작가의 말

만약 이 글이 책의 앞부분에 실리게 된다면,
나는 독자 여러분께 이 글은 그냥 건너뛰라고 조언해드리고 싶다.
왜냐하면 매우 심각한 수준의 재미없는 내용이기 때문이다.

"에이 설마, 상상을 초월하는 안드로메다 개그센스의 고리타 작가가 쓴 글인데 그렇게
재미없겠어?" 하며 계속 글을 읽어 나가다가는 이 글이 과연 개그 만화책의 서문인지,
새 학설을 발표하는 논문의 서문인지 헷갈리며 두 눈과 대뇌를 의심하다 그만,
이 책의 정체성에 대한 혼란에 빠지고, 끝내 판단력이 흐려진 채 한 권만 사도 될 걸
열 권이나 사게 되는 불상사를 불러일으킬 수 있기 때문이다.

복을 받았어도 시원찮았을 지난 2010년 새해는 위기와 함께 시작되었다.
큰 수술을 받은 아내는 또 다른 수술을 앞두고 있었고, 연재를 하던 내 만화는 1월 말에
연재 종료가 되었고, 2월 초에 또 다른 연재만화마저 종료되었다.
난 졸지에 실업자가 되었다.

충전의 시간이니, 아이디어 구상 여행이니 하는 짓들은 그야말로 사치였다.
나는 연재라는 전쟁터에 곧바로 투입할 수 있는 특수요원을 속성으로 만들기 위해 뇌가
곤죽이 되도록 아이디어를 짜내고 설정을 만들어 댔다.

그리하여 마침내 N포털 사이트에서 새 연재를 시작하게 되었다.
천만다행이었지만… 그 고료만으로는 생활을 할 수가 없었다.

다시 뇌가 곤죽이 되도록 아이디어를 짜내고 설정을 만들었다.
그리고 그동안 계속 연재를 해 왔었던 D포털 사이트에 제안을 들이밀었다.
"이런 만화 어떻습니까?", "이거 괜찮지 않습니까?"

하지만 번번이 뭔가 부족하다는 담당자분의 말을 들어야 했다.
(이제는 담당자분이 그때 내게 했던 "아직 부족합니다!" 라는 충고에 진심으로 감사드린다.)

시간히 부족했다. 아니, 시간은 전혀 부족하지 않았다. 그저 내가 초조할 뿐이었다.
결국 과거에 연재했었던 작업들을 들춰 보기 시작했다.
단순하고 짧지만 강하고 오래 연재할 수 있는 설정의 만화들이 있었다.
그리고 난 그중 〈넌피플〉을 다시 살려 냈다.

다행히 오케이 사인이 왔고, 그해 9월부터 연재를 시작했다.
결과는…? 나름 성공이었다. 대박은 아니지만 지금까지 1년이 넘게 연재중이다.
절박했던 2010년을 돌아보면 정말 성공이나 다름없다.
결국, 이렇게 번듯한 책으로 출판되어 세상에 다시 태어나게 되지 않았는가!

〈넌피플〉은 사물들의 이야기다.
사물들의 특징을 잡아 인간의 모습을 투사한 일종의 우화다.
인간보다 더 인간적인, 그래서 그들을 보며 울고(?), 웃지만 보고 나면 뭔가
마음 한 구석이 편치 않고, 안구 주변에 먼지가 낀 듯한 깔끄러움을 안겨 주는 만화다.
도정을 덜 해 텁텁한 현미 만화다. (여기서 심지어 건강에도 좋을 거라는 얘기는
차마 못하겠다.)

그러나… 원래의 연재 의도는 위의 그럴 듯한 설명과는 전혀 관계없다.
사물 자체를 소재로 하면 연재거리가 거의 무한대로 늘어난다.
연재를 오랫동안 안정적으로 지속하는 것, 돈에 쪼들려 카드빚을 지는 따위의
서글픈 일을 원천봉쇄 해 버리겠다는 지극히 소시민적인 꼼수,
그것이 바로 〈넌피플〉의 배후 설정이었다!

뭐, 배후 설정이야 어떻든 지금 난 일주일에 두 편씩 꼬박꼬박 〈넌피플〉을 연재하는
안정적인(?) 생활을 하고 있다. 그리고 일주일에 두 번씩 많은 독자들이 즐겁게
만화를 보고, 웃고, 댓글을 다는 동안 나도 즐겁게 만화를 그리고 웃으며 작업하고 있다.
(특히 변태적인 내용을 그릴 때 가장 즐겁다. 룰루라라 신명나는 콧노래를 부를 정도니….)

그렇다. 아마 특별한 사태가 벌어지지 않는 한 앞으로도 난 계속 〈넌피플〉을 그릴 것이다.
무엇보다 담배 군과 자판기 커피 양의 알쏭달쏭한 핑크빛 관계가 어떻게 될지 나도
몹시 궁금하기 때문이다.

이 영양가 부족하고 쓸데없이 길기만 한 글의 마무리를 빙자해 D포털 사이트에
〈넌피플〉 연재를 허락해 주신 박정서 편집장님, 쭈뼛쭈뼛한 단행본 출판 제의에 흔쾌히
응답해 주신 강우식 대표이사님, 밑도 끝도 없는 책 디자인의 굴레에서 고생하신 편집부,
메일과 트위터를 통해 늘 힘이 되는 힘찬 격려와 응원을 해 주신 열혈 독자 여러분,
"내가 아는 만화가야. 사람은 별로 재미없는데 만화는 그럭저럭 재밌어"라는 평을 어디선가
하고 있을 내 모든 친구들, 평범한 생계형 만화가인 장남을 위해 말없이 기도하시는 부모님,
장남으로서 늘 미안한 누나와 자형, 나보다 더 재미있는 개인주의자 동생,

그리고 큰 고비를 넘기고 건강한 모습으로 내 곁을 지켜 주는 마느님, 아니 아내에게
진심으로 감사드린다.

2012년 2월
월계동을 기반으로 하는 **만화가 고리타**

CONTENTS

CONTENTS

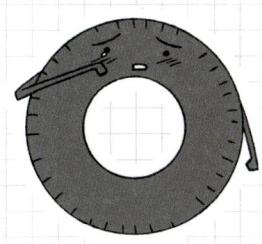

01 건전지

그녀는 남자의 순박한
미소에 반했고,

그는 여자의 순수한 영혼에
마음을 빼앗겨 버렸다.

그렇게 맑고 투명하고 수줍은 사랑을
시작한 AAA 건전지 커플.

건돌 씨…
자요…?

그냥 침대로
올라오세요…
전 괜찮아요….

고마워요, 건숙 씨.
우리 손만 꼭 잡고
자요. 저 믿죠?

건돌 씨…

1. 건전지
어느 날 갑자기 시계가 느리게 가거나 TV 채널이 천천히 바뀔 때, 그때가 바로 건전지를 교체할 때다. 그런데 말이다,
세상은 나이가 들수록 점점 빨리 돌아가는데
왜 내 안의 건전지는 텅 빈 것처럼 힘이 없어질까?
난 대체 무엇을 움직이기 위해 내 안의 건전지를 소모하고 있는 걸까?

02 숟가락

숟가락 아가씨 숟순이.

…

그녀는 둥글넓적하고 광활한 자신의 얼굴에
큰 콤플렉스가 있었다.

어유, 맏며느리
감이시네요,
다행히 전
차남이지만…

날카롭고 날씬한 미인이 되고 싶었던
숟순이는 현대 의학의 힘을 빌려,

키친 성형

엣지있는 "나이피아"로
다시 태어난다.

수많은 남자들이 나이피아(전 숟순이) 앞에
무릎을 꿇고 구애를 했지만,

그녀는 엄친아 포크 군을 선택한다.

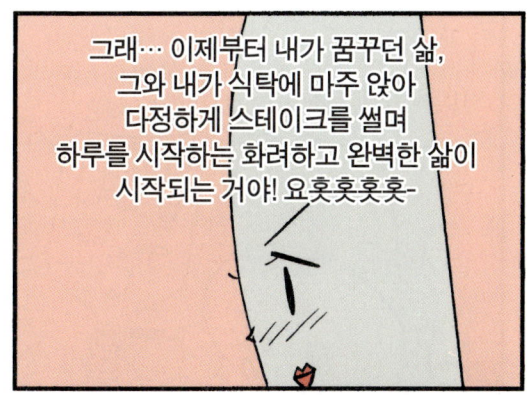

그래… 이제부터 내가 꿈꾸던 삶,
그와 내가 식탁에 마주 앉아
다정하게 스테이크를 썰며
하루를 시작하는 화려하고 완벽한 삶이
시작되는 거야! 요홋홋홋홋-

조금만 더
힘내세요!!!

그리고 1년 뒤.

거의 다
나왔어요!!

응애-

응애-

산부인과

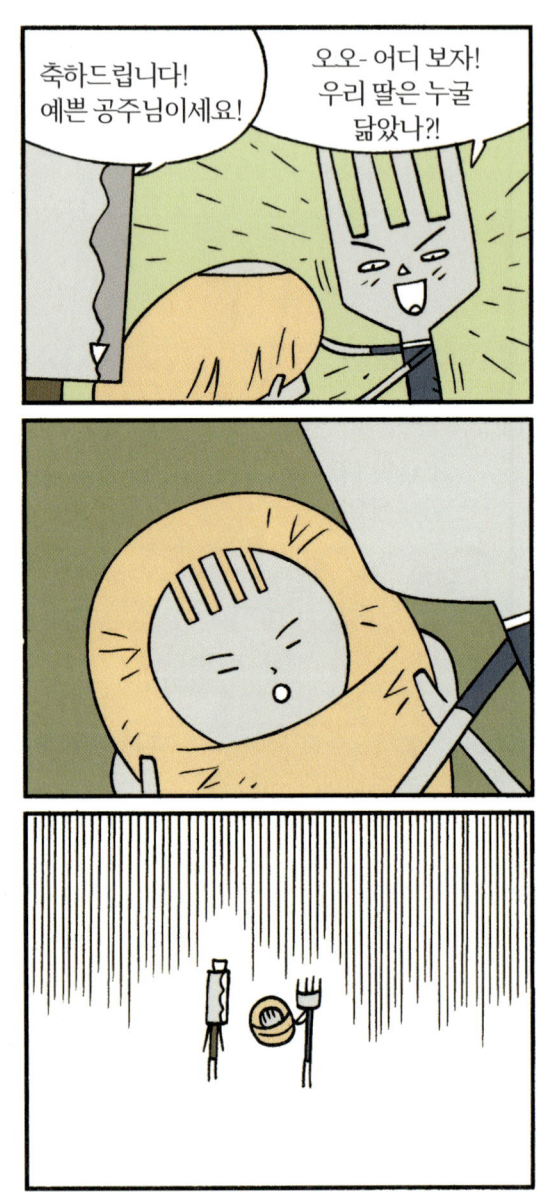

2. 숟가락 포크와 숟가락을 결합한 포크 숟가락.
도시락을 싸 들고 다니던 학창 시절 이후,
포크 숟가락을 다시 만난 건 군대에서였다.
식사 시간조차 신속성, 효율성이 요구되는 군대에서
포크 숟가락은 필수품이었다.
숟가락과 젓가락을 바꿔 쥐는 시간과, 숟가락과 젓가락을 씻는 시간을
반으로 줄여 주는 획기적인 장비!
식사 후 그렇게 남은 소중한 자투리 시간들을 군인들은
기합과 얼차려를 받으며 보람차게 보냈다.

03
카메라

비처럼 쏟아지던 햇살을 맞으며

찰칵

난 그녀의 모습과 영혼까지도
내 카메라 속에 담았다고 생각했다.

그러나

역광을 받은 그녀는 까맣게 찍혔다.

내가 붙잡은 건 단지 그녀의 그림자뿐이었다.

3. 카메라 나는 사진을 잘 못 찍는다.

요즘 카메라는 또 오죽 잘 나오는가?
손가락만 있으면 누구나 사진작가가 되는 세상이 아닌가?
하지만 내가 카메라를 들고 뭘 찍기만 하면
뭔가 어색하고 아쉽고 없어 보이는 사진이 탄생한다!
사진을 보며 곰곰이 분석한 끝에 내가 내린 결론은, 난 항상 사진 속
인물들의 말풍선이 들어갈 공간까지 무의적으로 화면에 담는다는 거다.
인물들 주위로 덩그러니 어색하게 남은 공간은
바로 가상의 말풍선을 위한 자리였던 것. 직업병의 후유증이다.

04 파리채

파리채 청년, 파만 군.

...

파만 씨는 너무 폭력적으로 해충을 처리해서 싫어요!!!

...

매트 훈증기

더럽고 잔인한 직업에 종사하는 그는 여자들에게 인기가 없었다.

그러던 어느 날,

고기고기

마침내 그에게도 예쁜 여자와
첫 데이트를 하는 감격스런 날이 왔다.

좋아… 긴장하지 말자. 그냥 내가 가진
장점과 개성을 자연스럽게 보여 주자…!

두근

두근

어머,
고기가 타요!
근데 집게가
어디 갔지?
큰일 났네….

하하하- 걱정 마십시오!
저한테 맡겨 주세요!
이렇게 제가 갖고 있는
스페셜 집게로
뒤집으면 되지요!
치익-
어머, 준비성이 너무
철저하세요♥!
후후… 이래 봬도 제가
우리 업계의 얼리어답터라,

나름 최첨단 장비를 갖추고 있죠.

바로 깔끔한 뒤처리를 위한
이 스페셜 집게입니다!

호호호- 고기 너나 많이 쳐드세요!

4. 파리채 어느 날 갑자기 등장한 재미있는 아이디어의 파리채.

이 파리채 손잡이 뒤에는 작은 집게가 포함되어 있다.
때려잡은 파리를 손을 쓰지 말고 우아하게(?) 집게를 뽑아 써서
뒤처리를 하라는, 상당히 그럴듯한 아이디어 상품이다.
문제는 파리를 잡는 데 파리채를 쓰기가 두렵다는 것.
콩자반만한 시커먼 놈들을 때려잡은 뒤에 펼쳐질 데칼코마니 같은
사체의 상태를 상상하면
그냥 에*킬러를 뿌리는 편이 더 깔끔할 듯….

05 콩나물

콩나물 아가씨 콩란이.

작고 동그란 얼굴, 늘씬한 몸매로
뭇 남성 채소들의 사랑과 뭇 여성 채소들의
질투를 한 몸에 받는 그녀.

특히, 사실은 주당이지만
술에 약한 척하는
내숭 연기가 일품인데,

후후,
너도 딱
걸려들었어!

어머, 저 너무
달린 것
같아요…

그런 그녀에게도 고민이 있었으니
바로 무성한 다리털!

휴우… 매번 깎는 것도
귀찮은데 그냥 확
뿌리를 뽑아 버릴까….

결국 다리털 영구제모를 감행한 콩란이.

채 소 병 원

만취 상태가 된 그녀는 밤새도록 신묘하고 기기한 추태를 선보였고 이 소문은 세계만방에 널리 퍼졌다.

리타호프

알콜분해효소가 가득했던 다리털(잔뿌리)이 없어진 그녀는 그만, 진짜 취해 버리고 말았던 것이다.

5. 콩나물
콩을 나물로 키워 먹는 민족은 우리밖에 없는 걸로 안다.
음주가무 좋아하는 우리에게 콩나물이 없었다면 어쩔 뻔했나.
개인적으로 난 "콩나물 국밥"을 해장 음식의 갑으로 꼽는다.
콩나물뿐만 아니라 또 하나의 탁월한 숙취 해소 음식인 달걀까지 들어 있으니까.
밴드로 치자면 액슬과 슬래시의 GN'R이요,
농구로 치자면 피펜과 조던의 시카고 불스다.
어쨌거나 결론 : 산삼의 잔뿌리만 소중한 게 아니다.

한 가면이 있었다.

그는 자신의 얼굴이 너무나 싫었다.
그는 자신의 얼굴이 추하다고 생각했다.

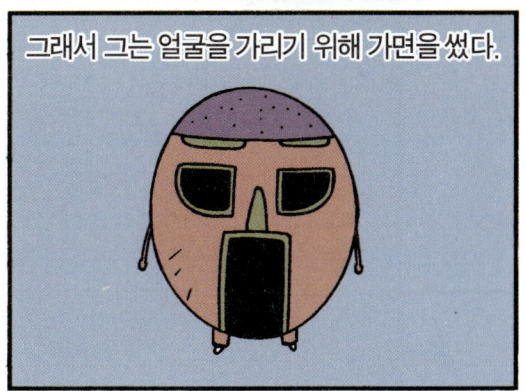

그래서 그는 얼굴을 가리기 위해 가면을 썼다.

아냐, 이 얼굴도 아니야!!!

하지만 그 가면도 그의 마음에 들지 않았고,

그는 가면 위에 또 다른 가면을 썼다.

그렇게 가면 위에 가면 위에 가면 위에…
…수없이 많은 가면을 쓰다 보니,

수많은 가면 뒤에 가려져 있던 자신의 얼굴,
그 내면은 너무나 아름다웠다.

하지만 가면들을 벗기에는 너무 늦어 버렸다.
이미 그것들은 원래 있던 얼굴들처럼
떼어낼 수 없었다.

그는 사람들의 눈을 피해 아무도 없는
깊은 숲 속으로 들어가 쓸쓸하게 살았다.

6. 가면 사실 이 에피소드는 논리적으로 오류이다.
가면을 아무리 많이 뒤집어 써 길게 늘인다 해도 자신의 뒷면을 볼 수는 없다.
정작 뒷면을 봐야 할 눈은 바로 뒷면과 붙어 있는 앞면에 있기 때문에.
(말하자면 동전 앞면에 눈이 있다면, 뒷면은 그 눈으로 볼 수 없다는 얘기다.)
말도 안 되는 이야기지만 이상하게 뿌듯했던 에피소드.
특히 시시각각 여러 가지 가면을 쓰고 살아가는
현대인의 고독과 페이소스를 상징한 결말은… (중략)

07 핸드폰

옛날 옛적 폴더폰 개미와
스마트폰 베짱이가 살았습니다.

폴더폰 개미는 여름 내내 전기와
배터리를 모으며 열심히 일했습니다.

전기

스마트폰 베짱이는 재미있는 어플을 다운받아,

게임도 하고 영화도 보고 운세도 보고 트위터도 하고 e북도 보고 음악도 들으면서 빈둥빈둥 놀았습니다.

전기

마침내 추운 겨울이 왔고,

여름 내내 폰질을 했던 스마트폰 베짱이는 그만 배터리가 다 되어 죽게 생겼습니다.

7. 핸드폰 난 아직 스마트폰 유저가 아니다.
내 핸드폰은 미녀 김태희가 광고하던 터치폰.
일종의 장난감 스마트폰 같은 폰이다.
그래서 와이파이존이 그렇게 즐겁고 행복하고 아름다운 공간인지 잘 모르겠다.
인터넷도 하고, 영화도 보고, 채팅도 하고, 코코아톡도 하고,
게임도 하고, e북도 보고, 분명 엄청나게 많은 것들을 할 수 있는 공간인데도 말이다.
꼭 뭘 해야만 즐겁고 행복한 건 아니지 않나?

08 면봉

위와 아래
한 몸으로
붙어 있는
면봉 연인이
있었다.

그들은 서로 아주 가까이 있었지만
두 사람은 서로의 얼굴을 볼 수도,
서로의 체온을 느낄 수도 없었다.

아아… 그리운 면복 씨.
당신의 얼굴을 한 번
이라도 볼 수만 있다면
얼마나 좋을까요.

고맙습니다!
그럼 당장 봉순 씨에게
가겠습니다. 저도 그 어떤
고통이 닥칠지라도
그대와의 만남을
생각하면 전혀 두렵지
않습니다! 기다려요,
봉순 씨!!!

네, 면복 씨!!!

끄어어어어어허헙-!!!!!!

휘릭

8. 면봉 보통 면봉은 막대기의 양 끝에 솜뭉치가
하나씩 달려 있는 모양이다.
만약 면봉으로 귀를 닦고 싶으면 한쪽 솜뭉치로 오른쪽 귀를 닦고,
반대쪽 솜뭉치로 왼쪽 귀를 번갈아 가며 닦으면 된다.
그렇다면 몹시 촉박한 시간 내에 콧구멍을 닦아야만 하는 상황이
닥친다면 어떨까.
어쩔 수 없이 에피소드처럼 면봉을 꺾어 양쪽 콧구멍을 동시에
닦아야 하지 않겠는가?
아니라고? 아니면 말고….

09 테니스공

하루하루 이쪽 라켓과

저쪽 라켓을 오가는 반복된 일상.

과연 난 영문도 모른 채 매일같이 얻어맞는,
이런 지루하고 권태로운 삶을 살기 위해
태어난 것일까…?

진정한 나를 찾기 위해 떠난 방황의 길.

내 삶의 진짜 목적은 무엇일까…?

쉴 새 없이 라켓 사이를 오가는 일 말고
내가 할 수 있는 진짜 재능은 무엇일까?

심플류**_이상한 옷 입고 수염 기른 공을 보고, 순간 바바리맨인 줄 알았음 | **53**

어떤가? 나와 함께
자네의 잠재된 재능을 마음껏
펼쳐 보이지 않겠나?

네! 꼭 하고 싶습니다!
고맙습니다!!!

...

9. 테니스공
어린 시절, 난 테니스공이 야구공인 줄 알았다.
아이들은 테니스공으로 야구를 했기 때문이다.
주먹을 꽉 쥐어 손 방망이를 만들어 테니스공을 쳤고,
맨손으로 날아오는 테니스공을 잡았고,
그러다 가끔 머리에 맞거나 하면 아프긴 했지만 죽고 싶을 정도는 아니었다.
그 후, 진짜 야구공을 봤고 진짜 야구공으로 맞으면 진짜 죽을 수도 있겠다는
생각이 들어, 진짜 야구공으로는 야구를 하지 않았다.
비록 가짜 야구를 했지만 우리는 진짜 재미있었다.

10 담배

담배 연구가 겸
금연 운동가
시가레트 씨.

사탕

이미 담배의 해악은 널리 알려져 있다.

경고:
담배 피면
뼈 삭 는 다

흡연은 암을 비롯한 각종 질병의 원인이 되며,
연기와 악취 등은 주변 사람들에게 피해를 준다.

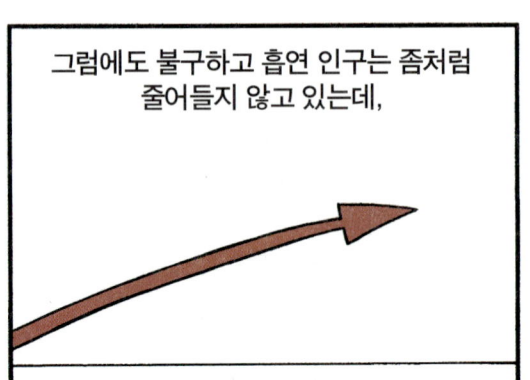

그럼에도 불구하고 흡연 인구는 좀처럼
줄어들지 않고 있는데,

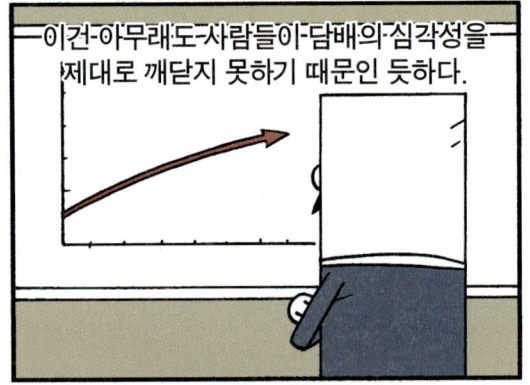

이건 아무래도 사람들이 담배의 심각성을
제대로 깨닫지 못하기 때문인 듯하다.

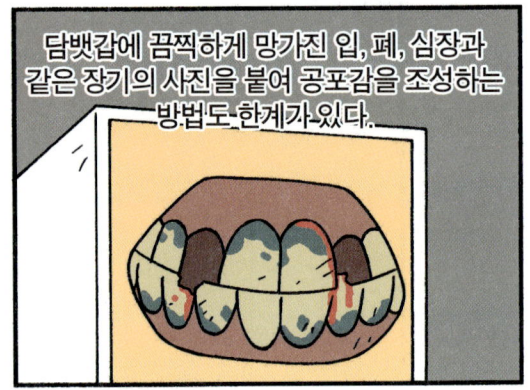

담뱃갑에 끔찍하게 망가진 입, 폐, 심장과
같은 장기의 사진을 붙여 공포감을 조성하는
방법도 한계가 있다.

어차피 사진은 사진일 뿐, 담배를 피우는
자신과 아무 상관이 없는 그림일 뿐이라고
생각하기 때문이다.

아이,
끔찍하네…

그래… 좀 더 즉각적이고 확실하게
담배의 독성과 죽음의 공포를 깨닫게
만들어야 한다!

그리하여 마침내 야심 차게 개발한 금연 담배!

그럼 한 대
피우겠습니다!

10. 담배

나는 담배를 끊었다. 3년 정도 되었나?
배도 슬슬 나오고 눈가에 주름이 잡히기 시작하니
'나도 이제 청춘이 아니구나' 라는 깨달음을 얻고 철이 들어서 그런 건 아니고,
담배를 피우니 숨이 차고 기침이 나서 노래를 부르기 힘들어 그랬다.
(그렇다. 난 취미 밴드에서 노래를 부른다. 영어로는 보컬이라고 하지.)
그래서 조금이라도 더 노래를 잘할 수 있을까 해서 금연을 했다.
그렇게 담배를 끊고 나니 건강은 좋아졌는지 잘 모르겠는데,
노래는 확실히 좋아지지 않았다.
그렇다. 노래를 잘 부른다는 건 그냥 재능의 문제였다.

11 소주

소주와 소주잔.

서로의 천생연분을 만난 그들은
벼락같이 사랑에 빠진다.

마침내 결혼에 골인하여
서로 술을 따르고 받게 된 첫날밤.

NONPEOPLE HOTEL

11. 소주
예전에 가끔 찬장을 열어 보면 소주병이 있었다.
병은 소주병이었지만 내용물은 십중팔구 참기름.
대개 소주병 라벨까지 누렇다 못해 거무스름하게 기름때가 얼룩져 있고
참을 수 없는 식욕을 자극하는 고소한 냄새를 풍기던 소주병 속의 참기름.
왜 소주병 속에 참기름이 들어 있는가도 의문이었지만
가장 미스터리 한 건 분명히 유리병인데도 불구하고
어디서 새어 나왔는지 알 수 없는 병 표면과 바닥에 맴돌던 기름기였다.
도대체 그 기름들은 어디서 어떻게 새어 나온 걸까?

12 풍선

누구나 처음에는 쭈글쭈글
똑같은 고무풍선이다.

하지만 가난한 집의 풍선은 땀과 한숨으로
만든 입바람을 마시며 자라고,

그럭저럭 형편이 나은 집 풍선은 펌프로 만든
공기를 마시며 자라며,

초록**_대박이네요. 한숨 먹고 자라난 우리들이라… 휴~ | **67**

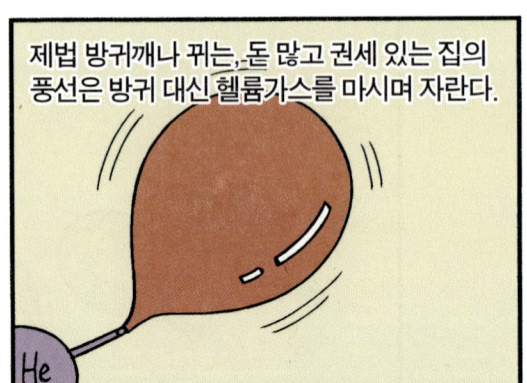

제법 방귀깨나 뀌는, 돈 많고 권세 있는 집의
풍선은 방귀 대신 헬륨가스를 마시며 자란다.

우리들이 기를 쓰며 바닥에 떨어지지 않으려
발버둥 치는 동안에,

헬륨가스를 마시며 자란 녀석은
여유롭고 편안하게 저 높은 곳으로 올라간다.

물론 제 아들은 타국의 시민권자 이므로 굳이 행사의 의무를 수행할 필요가 없습니다만…

비록 얼굴을 모자이크 처리했지만 난 알 수 있다. 마치 음성변조를 한 듯한 하이톤의 경박한 그 목소리가,

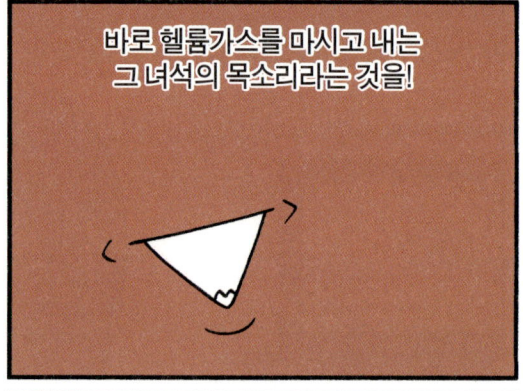

바로 헬륨가스를 마시고 내는 그 녀석의 목소리라는 것을!

오늘도 난 헬륨가스를 마시고 날아오르는 가벼운 풍선들, 가벼운 영혼들, 가벼운 목소리의 그들을 본다.

12. 풍선 TV 예능 프로그램 같은 데서나 봤지,
난 헬륨가스를 마셔본 적이 없다.
(헬륨가스 마시기가 어디 그리 쉬운 일이겠는가?
헬륨가스가 동네 슈퍼에서 파는 생수도 아니고.)
돈과 권세가 좋긴 좋은가 보다.
그 귀하다는 헬륨가스도 척척 마시고 목소리도 간드러지게
인터뷰들 하시는 걸 보면.
(사족 : 비눗방울에 헬륨가스를 넣는 기술이 있다면 엄청 근사할 거 같다.)

13 당의정

미안해요, 약철 씨.
당신을 떠날 수밖에
없는 날 용서해 줘요….

어째서…? 왜…?
뭐가 문제죠?
제가 뭘 잘못했나요
…?!

아뇨, 약철 씨.
당신은 세상 그 어떤
남자들보다 감미롭고
달콤한 사람이에요.

나는 술에 취하거나 방황하는 대신
그녀가 바라던 아름다운 내면을 가꾸기로 했다.

겉모습만이 아닌,
진실로 아름답고 따뜻하고 달콤한
나를 만들기 위해 노력한 끝에,

난 다시 그녀 앞에
당당히 설 수
있게 되었다.

이제 난
겉도 속도 쓰지 않아.
내 속은 사랑의 맛으로
가득 차 있어.

약철 씨…

13. 당의정 당의정은 쓴 맛이 나는 약의 표면에
당분을 코팅해서 먹기 좋게 만든 약이다.
당의정이 얼마나 약을 '괜찮은 녀석'으로 변화시키는지 알고 싶다면
설사, 복통에 먹는 '정·환'이라는 약의 오리지널 버전을 먹어 보라.
하루 종일 입가에 맴도는 5000년 한의학의 신비한 향기에 감동(?)할 것이다.

14
껌

젊고 반듯하고 패기 넘치는 껌.

그가 보도블록이라는
사회에 첫발을
들여놓았다.

보도블록에 먼저 와 있던 선배 껌들은
이미 엉망으로 망가져 때가 묻어 있거나,

저도 선배님들처럼
그렇게 된다구요…?
아뇨, 그럴 리가
없어요. 전 절대로
그런 모습이
되고 싶지 않아요!
분명히 여기는
뭔가 잘못되어
있어요…!

푸후후… 아직 뭘 잘 모르는군, 젊은이.
이 보도블록 세상은 만만한 곳이 아니라네.
자네 혼자서 뭘 어쩔 수 있는 곳이 아니야.

그렇지 않습니다!! 두고 보세요,
제 손으로 이 보도블록 사회를
바꿔 놓을 겁니다-!!!!!!

이봐, 애송이. 잘 듣게.
이 보도블록 사회를 바꿀 수
있는 사람은 자네가 아니라…

쿵

바로 우리처럼 시커멓게
때가 덕지덕지 낀 채로
끈질기게 이곳에 눌어붙어
앉은 더러운 자들이야!!!

그렇다. 슬슬 거리 곳곳에서 더러워진
보도블록을 바꿔대는 시즌이 돌아왔다.

14. 껌

이런 개그가 있었다.
한 어린이가 산타클로스에게 소원을 빌었다.
"평생 먹을 수 있는 과자를 선물로 주세요!"
그 어린이는 껌 한 통을 선물로 받았다.
맞다. 껌은 평생 씹어도 없어지지 않는다.
"그까짓 거 껌이지"라는 표현은 아주 쉬운 일이 아니라
아주 질기고 해결되지 않는 일을 가리켜야 하지 않을까?

15
눈
사
람

나는 눈사람이다.

항상 눈이 내리는 춥고 어두운 이곳.

내가 언제부터, 왜 이곳에
있었는지조차 기억나지 않는다.

다만 아주 오랫동안 늘 쓸쓸하고 외로운
풍경을 지켜보아 온 것만 기억할 뿐이다.

주위를 둘러봐도 보이는 건
눈 덮인 언덕과 산과 바위들뿐.

나 같은 눈사람은 나 혼자밖에 없다.

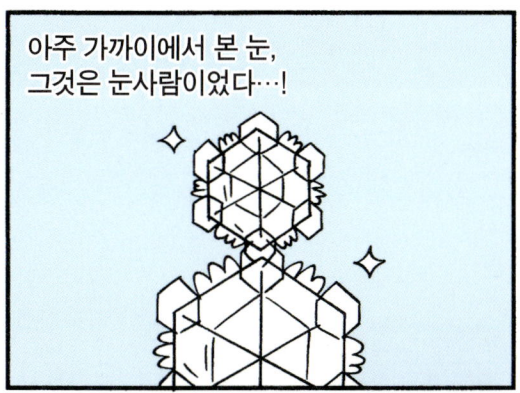

아주 가까이에서 본 눈,
그것은 눈사람이었다…!

그 작은 눈사람들은 이미 오래전부터
언제나 내 곁을 끊임없이 찾아왔던 것이다!
난 몰랐지만 난 혼자가 아니었다!

난 이제 더는 외롭지 않다.
그리고 수많은 순간의 친구들을 소중히
생각하기로 했다.

15. 눈사람
최근 러시아에서 '설인'의 존재를 공식적으로 인정한다는
발표를 해서 화제가 된 적이 있다.
사실 이 '설인'과 '눈사람'은 별 관계가 없다.
전자는 '눈 속에 사는 사람'이고 후자는 '눈으로 만든 사람'일 뿐이다.
어쨌거나 눈 속에서 외롭게 살고 있을 '설인'에게 '눈사람'이라도 만들어 주면
좋아하지 않을까?
물론 서로를 '사람'으로 인식하느냐는 오로지 당사자들의 몫이다.

16 우유

그는 키가 크고 성격도 좋았다.
무려 A1$^+$등급의 품질에다,

흰 우유(M형)라서
딸기맛 우유(S형)인 나랑
유액형 궁합도 잘 맞았다!

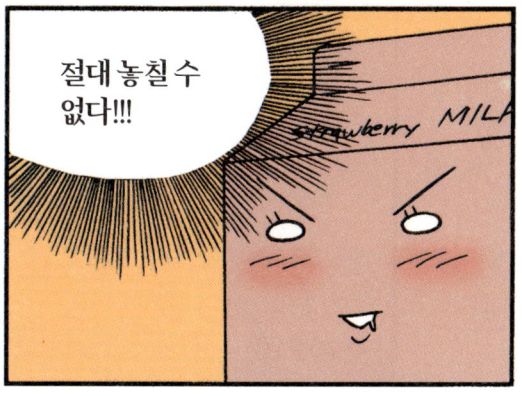

절대 놓칠 수
없다!!!

이렇게 완벽한 그에게도
아주 사소한 버릇이 있었는데,

저… 잠시
실례하겠습니다.

자신의 뒷모습을 절대로
보여주지 않는 것이었다.

슬금

슬금

물론 정말 별 거 아니었지만 이상하게
자꾸만 신경이 쓰였다.

뭘까?
등에 용 문신이라도
있나? 아니면
어릴 적 학대의
흔적이…?

16. 우유 마트는 애(?) 딸린 사물들의 천국이다.

게다가 종종 종이 다른 사물들끼리 엮이는 경우가 있는데,
맥주 큐팩은 늘 땅콩을 덤으로 데리고 있고
두부는 언제나 찌개용, 부침용 듀엣으로 판다.
고추장엔 어린(?) 된장이 딸려 있고 된장에는 어린 고추장이 딸려 있다.
그래도 누구 하나 힐끔대거나 흉보거나 싫어하는 사물이 없다.
사람들은 오히려 반기는 편이다.
사물이 사물에게 그러는 것처럼 사람도 사람에게 그러하면 좋겠다.

17 이어폰

처음 만났을 때, 두 사람은 서로가
서로의 운명이라고 생각했습니다.

그들은 마치 쌍둥이처럼 너무 닮았었고
좋아하는 음악 취향도 같았습니다.

그날로 둘이 사랑에 빠진 것은
절대로 이상한 일이 아니었습니다.

하지만…

언제부턴가 그들 사이에
다툼이 잦아지기 시작했습니다.

두 사람은 듣는 방법을 모르는 이어폰처럼
오직 서로 하고 싶은 말만 하며 싸웠습니다.

여자는 여자대로 자신의 이야기를 쏟아 내다
말귀를 못 알아듣는 남자를 탓해 버렸습니다.

남자는 남자대로 자신의 입장만 소리치다
역시 화가 끝까지 나서 돌아섰습니다.

그러나 사실,

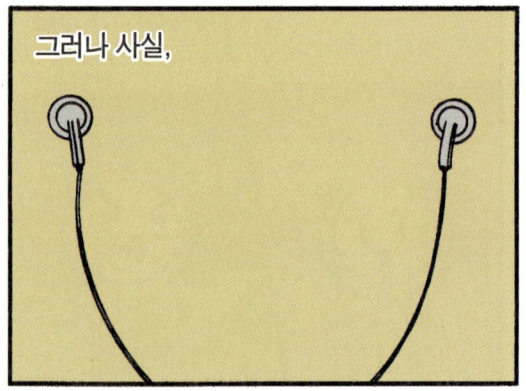

그들은 결국 서로에게
똑같은 말, 똑같은 소리를 내고 있었습니다.

서로 다른 이야기가 아니라
같은 생각, 같은 소리, 같은 이야기를
하고 있었지만 서로의 말을
귀 기울여 들을 줄 몰랐기에
서로를 이해할 수가 없었던 것입니다.

…해서 일단 4주 간의
조정 기간을 드릴 테니…

17. 이어폰 사실 오른쪽 이어폰과 왼쪽 이어폰이
항상 똑같은 소리를 내는 건 아니다.
조금 옛날 음악을 들어 보면 오른쪽에서 들리는 음악과 왼쪽에서 들리는
음악이 다를 때가 있다.
심지어 혼성 듀엣의 경우, 오른쪽에서는 남자의 목소리만,
왼쪽에서는 여자 목소리만 들리는 경우도 있다.
믿거나 말거나….

18. 단풍잎 빨간색으로 예쁘게 물든 단풍잎은
보기만 해도 기분이 좋다.
물론 예쁘고 아름다운 것은 그냥 그 자체로도 좋지만 항상 그런 건 아니다.
가끔 세상이 온통 초록인 한여름에 빨갛게 물든 단풍잎이 보인다.
도에 지나친 단풍 행각(?)을 벌이는 그런 나무는 아마 아픈 나무일 것이다.
몸이 아프든지, 마음이 아프든지….

11월11일

11 NOVEMBER

1	2	3	4	5
8	9 넌피플 연재날	10	11	12

언제부턴가 이날은 막대 과자의 날이 되었다.

서로 사랑하고 좋아하고 아끼는
연인들과 친구들과 사람들과
막대 과자를 주고받는 날.

물론 과자를 팔아 보려는 상술이라는 걸 알지만
그래도 선물과 선물에 담긴 따뜻한 마음을
싫어하는 사람 혹은 사물은 없다.

11월11일, 하루 종일 엄청 바빴던 비스킷 군.

밤이 깊어서야 겨우 일이 끝나고
회사를 나와 쿠키 양을 만난다.

미안,
많이 기다렸지?

자, 막대 과자!
이거 먹고 힘내!!

척

PIGOLSANGZUP

아… 고마워. 근데 난 막대 과자가
다 팔려서 그냥 호빵
사왔는데….

비스킷 군의 사정을 몰랐던 건 아니지만
그래도 많이 섭섭한 마음은 어쩔 수 없다.

그… 그래…?
나도 땡큐….

뭐야 이게? 아무리 그래도 오늘 같은 날 센스 없게 길쭉한 과자도 아니고 둥글넓적한 호빵이라니… 하아…

…라고 생각했겠지? 하지만 이렇게 호빵을 쪼개면…! 막대 모양이 있는 근사한 11월11일의 빵이 되지!!!

어, 웃었다! 화 풀린 거지? 그렇지?

흥, 아… 아냐. 이건 콧방귀야 ….

PIGOLSANG ZUP

19. 막대 과자 11월 11일은 '빼＊로데이'라 불리는 기념일로,

특정 상표의 길쭉한 초코 과자를 주고받는 날이라고 한다.
사실 이 기념일의 기원이 초콜릿을 주는 '밸런타인데이'에서
사탕을 주는 '화이트데이'를 거쳐 시작된 짝퉁데이라는 걸 모르는 사람은 없을 거다.
그래서 그런지 11월 11일에는 초코 막대 과자뿐만 아니라 초콜렛, 사탕,
캐러멜, 인형(이건 뭐지?) 등등 뭔가 비슷하다 싶은 건 원칙 없이 마구 팔아댄다.
문득 설악산 기념품 가게에서 팔던 돌하르방이 생각난다.

20
가위바위보

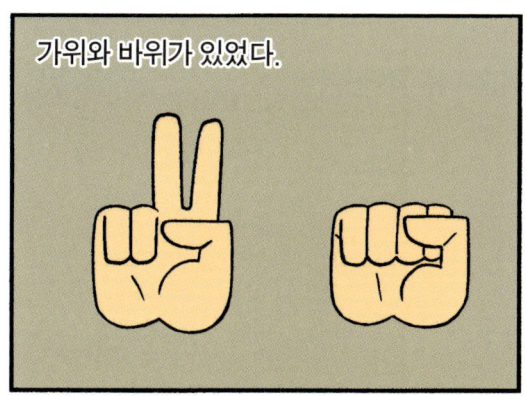

가위와 바위가 있었다.

가위는 튼튼하고 힘이 센 바위에게
맨날 지고 살았다.

이래도 또
덤빌 테냐!

아야야−
다신 안 그럴게

그러던 어느 날 보가 나타났다.

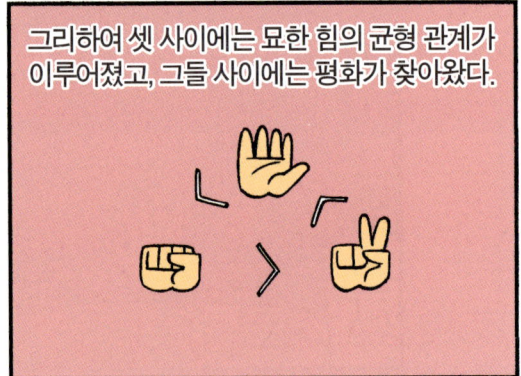

운명(?)을 거부한 보는 가위를 이겼고 평화는 깨졌다.

20. 가위바위보
가위, 바위, 보로 이루어진 단순한 게임.
하지만 가장 확실하고 아름다운 완벽한 게임.
이 단순한 게임이 얼마나 거대한 심리게임으로 변할 수 있는가
알고 싶다면 만화 '도박 묵시록 카이지'를 보라.
참고로 나는 가위바위보를 잘 못한다.
덕분에 어제도 일곱 명에게 음료수를 샀다.
만화는 만화일 뿐 현실에선 역시 운빨인가?

21
설탕

설탕,

그리고 소금. 이 둘은 언뜻 보면 비슷해 보인다.

그래서 설탕은 소금으로, 소금은 설탕으로
오해를 받는 경우가 종종 있는데…

으헉!!
달달한
청국장이다!!

21. 설탕 설탕이 현대인의 천덕꾸러기가 된 지 오래다.
나 또한 원시인은 아니므로 설탕을 의도적으로 피하고 있다.
예를 들면 커피 전문점에 가서 아메리카노나 카페라떼를 주문할 때,
'시럽 넣으세요?'라고 물어보면 자랑스럽게 '아니요'라고 대답한다.
이렇게 설탕과 시럽이 안 들어간 씁쓸한 커피는 묘한 자부심과 안도감을 준다.
아… 오늘도 나는 내 건강을 챙겼구나.
하지만 그런 허세도 "고깃집 자판기 커피" 앞에선 무용지물.
신의 음료 넥타가 이런 맛일까?

난… 마법에 걸려 있어. 30일마다 되풀이되는 무섭고 두려운 마법….

하하, 나도 뭔지 알아. 여자들 한 달에 한 번씩 걸린다는 그 마법 말이지?

그게 아니야! 난 30일마다 내 몸이 없어져 버려! 까만 무(無)로 완전히 사라져 버리는 거라구! 다행히 15일이면 보름달로 돌아오지만…

게다가 그 날짜가 우리 결혼식 날이야! 나 어떡해? 별 어른들이랑 행성, 위성 친구들한테 뭐라 그래?

나 앞으로도 계속 이럴 텐데 우리 결혼하면….

바보. 난 또 뭐라고…

괜찮아, 결혼식이야 미루면 되지. 사람들한테야 죄송하다고 하면 되고. 당신 없는 결혼식 따위가 무슨 소용이 있겠어?

22. 달과 태양
에피소드에 등장하는 달이 사라지는 현상을 삭(朔)이라고 하는데 달이 태양과 지구 사이에 위치해 달의 뒷면에만 빛을 받게 되어 지구에서는 달이 보이지 않는 것이다. (월식과는 다름)
따라서 에피소드는 논리적으로 또 오류!
어쨌거나… '삭'에도 태양과 달과 지구가 완전히 일직선상에 놓이지 않으면 달이 살짝 가늘게 보이게 된다.
이를 '눈썹달'이라고 한다.
그리고 이소라 씨의 '눈썹달'은 참 좋은 앨범이다.(응?)

23

회전초밥

수많은 종류의 초밥들이
빙글빙글 돌아가는 회전초밥.

시간이 흐를수록 레일 위의접시들은
하나둘씩 사라져 가고,

맛있는 초밥으로서 누군가의 입에 기쁨을 준 적도, 누군가의 허기를 채워준 적도, 뭔가 쓸모 있는 음식이었던 적도 없지?

비록 먼저 사라져 간 초밥들의 가격은 너희보다 쌀지는 몰라도, 그들의 일생의 의미와 가치는 가격을 매길 수조차 없을 거다.

오래된 음식의 운명은 하나뿐이야.

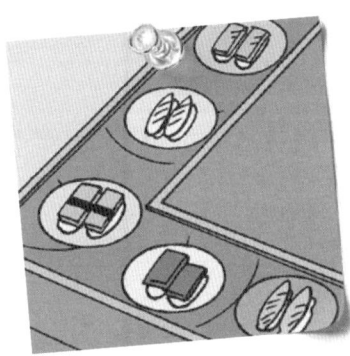

23. 회전초밥
회전초밥은 맛으로도 먹지만,
빙글빙글 돌아가는 레일 위에서 마음에 드는 접시를 골라먹는
'작은 이벤트'의 즐거움 덕분에 더욱 맛있게 먹게 된다.
물론, 언제나 마음은 '귀하신 접시'를 노리지만
결국 현실과 타협하며 '만만한 접시'를 집어 드는 우리의 모습은
현실과 묘하게 닮아 있다.
그나마 현실과 다른 건, 한 번 가면 오지 않는 현실의 기회와는 달리
레일 위의 접시들은 시간이 지나면 우리 앞에 다시 온다는 것.
결정에 서투르고 삶에 서투른 우유부단한 나에게
다시 한 번 기회를 주는 접시 위의 작은 초밥들이 고맙다.

24. 컴퓨터 나는 컴맹이다.
그리고 놀랍게도 컴퓨터로 만화를 그려 먹고산다.

이 녀석은 키친타월이다.

우리 두루마리들 중에서도 유난히 눈에 띄는,
우월한 기럭지의 소유자이다.

덕분에 언제나 여자 두루마리들의
관심과 사랑은 다 이 녀석 차지이다.

꺄악- 나한테
손 흔들었어.

25. 두루마리
나는 종종 "키친타월"을 "치킨타월"이라고 부른다.
일종의 말장난이다. "난자완스"를 "닌자완스"라고 부르는 것도 마찬가지.
하도 그렇게 부르다 보니 가끔은 어느 쪽이 바른 말인지 헷갈릴 때도 있다.
치킨이 나와서 생각난 팁 하나.
식은 치킨을 전자레인지에 데울 때 "치킨타월"을 밑에 깔고 데우면
기름기가 흡수 돼 그럭저럭 먹을 만하다. (이게 뭐야…)

전통적으로 컵라면 부족의 소년들은 16세가 되면,

둥-
둥-

머리에 뜨거운 물을 붓고 이를 견디어 냄으로써 진정한 어른 컵라면 남자가 되었다고 인정받았다.

치이익-

자, 여기 청춘의 열병을 앓고 있는 한 컵라면 소년이 있다.

안 돼!!

당나귀탄**_CUP를 CVP로 읽었다. 새로 나온 포장 재질 이름인 줄 알았네요~ ㅋㅋ

바보… 감기 걸리잖아. 따끈한 유자차 끓였으니까 들어와서 마셔…

어머, 고마워요 언니잉♥♥♥~

뜨거운 물을 부은 채 너무 오래 방치한 컵라면 소년은 스티로폼 컵에서 환경호르몬이 흘러나와 소녀로 변해 버렸다.

어머, 피부 까칠해진 거 봐, 언니, 보습크림 좀!

26. 컵라면
컵라면 하면 군대 시절을 빼놓을 수 없다.
사실 부대 PX에서는 컵라면을 팔지 않았지만
장병들의 관물함 속에는 늘 컵라면이 있었다.
어쨌거나 난 날마다 야간 초병 근무를 마치고 돌아와서는 컵라면을 먹었는데
(그 당시는 25시간 배고플 때다.)
아마 그때 먹은 컵라면 용기로 탑을 쌓으면 달나라 토끼의 괄약근 정도는
무난하게 찌를 수 있는 높이가 되었을 거다.
이렇게 전 국군 장병들이 컵라면과
또 하나의 강력한 환경호르몬 용의자 "뽀글이"를 입에 달고 사는데도
전혀 여성화 되지 않고 땀 냄새 흠뻑 나는 구릿빛 사나이가 되어
전역을 한다는 사실이 놀랍기도 하고 고맙기도 하고 그렇다.

돌이켜 보면 벌써 10년도 더 된 이야기입니다.

위이잉-

그때 저도 다른 필기구들처럼 국가의 부름을
받고, 길었던 샤프심을 짧게 깎았습니다.

짧게 잘린 내 머리가-
처음에는 우습다가-

짧은 머리처럼 모든 게 낯설고 어색했지만,
전 다른 누구보다 열심히 군생활을 했죠.

PT체조 1번 높이뛰기
20회 실시!!

필기 부대

실시!!

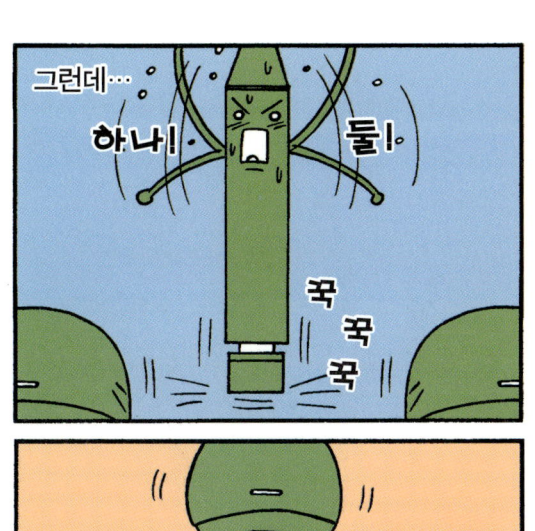

군생활을 열심히 하고
훈련을 성실하게
받으면 받을수록
머리는 더 빨리 자랐고,

뭐야? 너 반항하는 거야?
내가 분명히 두발 불량 주의를
주었을 텐데 어디서 감히
개김질(?)이야?!!!

잘못했습니다!
당장 자르겠습니다
!!!!!!

전 더 많이 혼났습니다.

그렇게 미칠 듯한 스피드로 자라나는 머리를
미칠 듯한 노력으로 깎으며 살다 보니
어느새 전 군대에서 전역할 때가 되어 있더군요.

필기 부대

하지만 이미 그때는 지나치게 빨리 자라 버린 샤프심이 다 빠져 버려 전 더 이상 머리가 자라지 않았습니다.

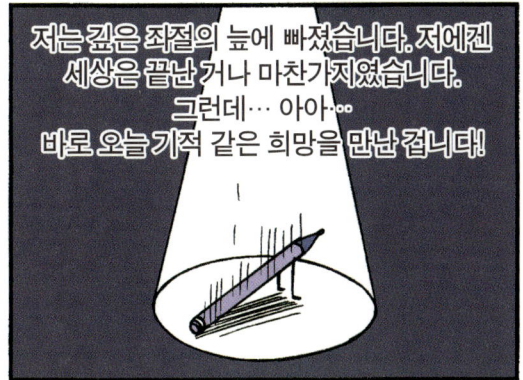

저는 깊은 좌절의 늪에 빠졌습니다. 저에겐 세상은 끝난 거나 마찬가지였습니다. 그런데… 아아… 바로 오늘 기적 같은 희망을 만난 겁니다!

그 기적이 바로 샤프심 양, 당신입니다. 부디 저와 결혼을…

전 대머리 싫어요.

27. 샤프
자랑은 아니지만 나는 일제 Pentel 샤프를 쓰고 있다.
벌써 12년이 넘게 쓰고 있는 물건이다.
그동안 수없이 땅에 떨어지고, 바닥에 뒹굴고, 밟히고, 날아다니고(?)…
군대로 치면 실미도를 열두 번도 더 갔다 온 정도의 혹독한 시련을 거치고도
아직 멀쩡하게 잘 쓰고 있다. (물론 "머리카락"도 잘 자란다.)
한때 이 Pentel 샤프를 카피한 우리나라 짝퉁 "제도샤프"를 쓴 적이 있었다.
그런데 이 물건은 1년도 못 되어 망가져 못 쓰게 되었다.
어린 마음에 크게 상심하여 "역시 학용품은 일제가 최고야!"라는
선입견을 가지게 된 계기가 되었다.
이제 그것도 과거의 일이니 우리나라 문방구의 품질도 세계 수준이 됐으리라 믿는다.
물론 직접 써 보면 알 수 있겠지만 굳이 새 걸 살 필요까지야….

우리는 붕어빵이다.

우리는 이 작은 연못에서 똑같은 모습으로 태어났고,

똑같이 생각하며 똑같이 살다가 똑같은 미래를 맞이하게 될 것이다.

28 붕어빵

우리는 이런 우리의 한 치의 어긋남도, 빗나감도 없는 삶이 무척 자랑스러웠다. 적어도 그 이상한 녀석이 나타나기 전까지는….

그 녀석의 얼굴은 우리와 다름이 없었다.

하지만 녀석의 꽁지는 누가 먹다 버렸거나 반죽이 잘못 구워진 것처럼 짤뚱하게 생겼었다.

그리고는 녀석은 바다를 향해 먼 길을 떠났다.

그 녀석은 정말 개복치였을까?
지금은 정말 바다에 도착했을까?
나는 가끔 그 녀석을 생각한다.

나만… 나만 생각한다….

28. 붕어빵 난 쓸데없이 "먹는장사"에 관심이 많다.

이제 바야흐로 붕어빵의 계절이 돌아오니 난 또 획기적인 붕어빵 장사
아이디어를 실시간으로 머릿속에서 뽑아내는 중이다.
속에 팥 대신 콩, 크림, 카레, 야채, 고기 등을 넣는다.
이런 건 1차원적인 아이디어.
분홍, 연두, 파랑, 오렌지 등의 오색 빛깔 붕어빵을 만든다.
이것 또한 저차원 아이디어.
나라면 이렇게 하겠다.
10개 중 하나는 "왕 붕어빵"을 만들어 당첨되면
똑같은 가격에 큰 붕어빵을 먹을 수 있게 해준다.
대신, 원하면 돈을 더 받고 왕 붕어빵에
초콜릿 시럽을 발라 탁본을 뜨게 해주는 거다!
이거 기가 막히지 않은가?
전국의 강태공들이 점심을 붕어빵으로 때우러 몰려올 것 같지 않은가!

29 돌

마치 영화 같은 우연한 만남으로,

혹시 보석 초등학교…?

5학년 7반 돌식이…?

운명적인 사랑에 빠진 남자 돌과 여자 돌.

그러나 그들의 사랑은 큰 벽에 부딪히는데…

으리 으리

그래… 자네 하는 일이…?

아버님, 기다리십시요!!! 제가 깔끔하고
매끈한 피부로 만들어 드리겠습니다!!!

빡
빡
빡
빡
빡

!!!

아버님은 암염이었다. 그가 각질이라고
생각했던 것은 사실 소금이었다.

앗, 짜!

쩝

29. 돌 돌에도 가격이 있다.

그냥 땅에 굴러다니는 돌은 공짜.
강가에 굴러다니는 매끈한 자갈들은 건축용으로 쓰인다.
좀 특이하고 뭔가 의미 있는 형상의 돌은 "수석"이라고 해서 제법 가격이 나간다.
그보다 더 희소가치가 있고 아름다운 돌, "보석"은 어마어마한 가격의 귀하신 몸이다.
그리고 그 보석보다 더 가치 있는 돌도 있다.
민주주의를 위해 시민의 분노를 담아 군사독재정권을 향해 날아가던 "투석"이다.
그 돌들 덕분에 오늘날의 우리는 보석처럼 빛나는 세상에 살 수 있게 된 것이다.
아직은 세공이 덜 된 보석일지도 모르지만.

30 칫솔

모두 다 똑같은 복장,

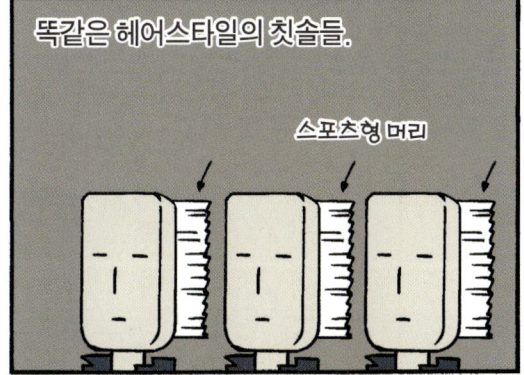

똑같은 헤어스타일의 칫솔들.

스포츠형 머리

여기 일탈과 반항을 꿈꾸는
질풍노도의 칫솔 세 명이 있다.

우리도 개성이라는
것이 있다쿠!

맞아! 우린 공장에서 찍어 낸
상품이 아니야!

30. 칫솔 치과 의사분들의 말에 의하면 칫솔의 종류와 가격보다는
올바른 칫솔질이 치아 건강을 더 좌우한다고 한다.
나는 30대 중반이 넘어서야 인터넷을 통해 올바른 칫솔질을 배웠다.
그나마 그것이 올바른 '올바른 칫솔질'인지 검증할 길이 없다.
그렇다면 치과로 가서 치과 의사 선생님 앞에서 칫솔질 시연을 해볼까…?
그러면 치과 의사 선생님은 내게 이렇게 말하겠지. "제 점수는요…."

31
커피

와플 군…?

자… 자판기 커피 양?

어떻게… 와플 군이 나한테 이럴 수가
있어…? 내가 와플 군을 얼마나
사랑했는데… 어떻게 다른 커피와…

아니… 그게…
그러니까…

애초에 서로 맞지 않았던 거야.
넌 네가 와플 군과
어울린다고생각하니?

생각해 봐. 와플과
자판기 커피라니…
이 무슨 숭늉에
스테이크 말아 먹는
소리니?
와플과 가장 잘
어울리는 커피는
바로 나 아메리카노
라구!

너… 너무해-!!!

자커 (자판기 커피의 준말) 양-!!!

그럼! 알고 보면 의외로 엄청 가까운 곳에 있을지도 모르지. 후후….

에이, 그렇게 쉬우면 사랑에 속고, 사랑에 우는 사물은 세상에 아무도 없겠다!

담배 군은 연애를 안 해 봐서 그래!

톡

하지만 우리는 안다. 고단한 우리 삶에서 자판기 커피와 담배만큼 잘 어울리는 짝도 없다는 것을….

31. 커피 직장인의 점심시간.

허겁지겁 배를 채우고 왼손엔 자판기 커피 한 잔,
오른손엔 담배 한 대를 들고 여유를 만끽하는 시간.
매캐한 담배 연기로 답답해진 입안을 달짝지근한 커피로 달래는,
기체와 액체의 앙상블 콤비 플레이가 펼쳐진다.
식품으로서의 둘의 궁합도 최고지만 둘이 가장 잘 어울리는 이유는
다 피운 담배꽁초를 자작하게 남은 커피에 끌 수 있는
깔끔한 논스톱 뒤처리 시스템 때문이 아닐까.

32 크리스마스트리

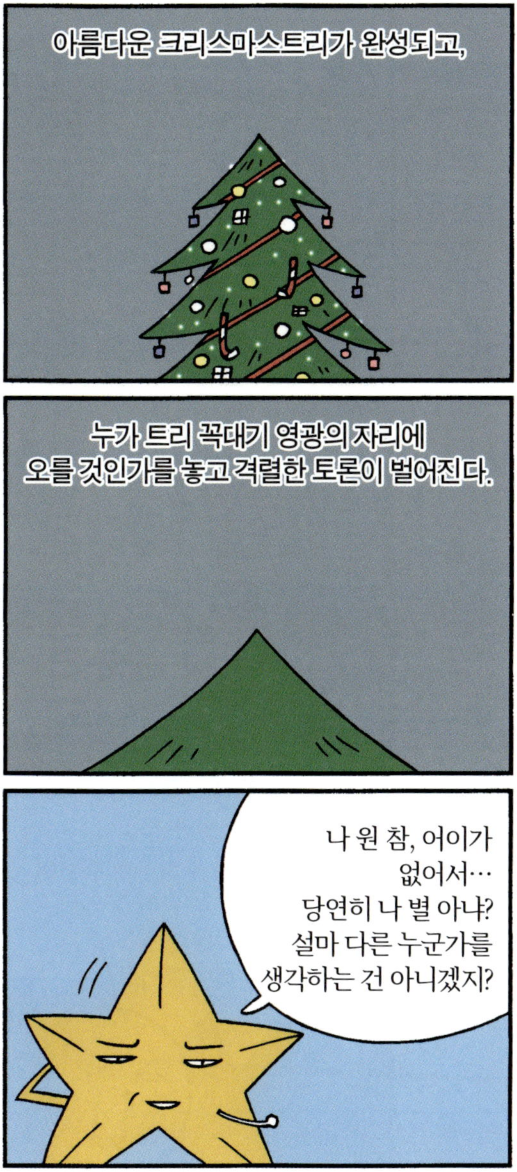
아름다운 크리스마스트리가 완성되고,
누가 트리 꼭대기 영광의 자리에 오를 것인가를 놓고 격렬한 토론이 벌어진다.
나 원 참, 어이가 없어서… 당연히 나 별 아냐? 설마 다른 누군가를 생각하는 건 아니겠지?

도라**_으잉, 귀여워~ 그래도 별이 제일 잘 어울리지…

개수로 말하자면 우리 꼬마전구들이 가장 많고, 늘 깜빡깜빡하느라 고생한 걸로 쳐도 우리가 제일이지!! 풀뿌리 민주주의의 완성을 보여 주마!!!

나…나 선물 박스 모형도 잊지 말라구! 우리도 주목 받는 자리에 앉고 싶어!!

어쩐지 유러피언 스타일의 나 지팡이가 출동하면 어떨까?!!

옥신   각신

시끄러워, 저리 꺼져, 천한 것들,

뭐야 이 불가사리 자식아?!

툭

아싸, 일등!

오늘 같은 날은 싸우지 맙시다.
메리 크리스마스!

32. 크리스마스트리
우리나라에서 크리스마스 날 집안에
진짜 '트리'를 갖다 놓을 수 있는 집이 과연 몇이나 있을까?
아마 대부분은 백화점이나 마트에서 파는 플라스틱 트리를 갖다 놓을 것이다.
우리 집도 그랬듯이….
트리도 가짜고 산타도 가짜였지만 불을 끄고 꼬마전구에 불이 화악 들어오는
순간, 진짜와 가짜의 구분은 무의미해진다.
솔직히 남의 나라 명절이지만 더 즐겁고 더 기억에 남는 크리스마스.
그러니까 추석에도 나무 하나 만들자.
사과, 배, 감, 대추 이런 거 주렁주렁 매달아 '한가위 나무' 하자.
아니면 세뱃돈 매단 '설 나무' 도 괜찮아.

칼날같이 매서운 추위가 몰려온 겨울.

옷장 속의 겨울옷들은 두근거리는 마음으로 주인의 선택을 기다리고 있다.

역시 사람들을 만날 일이 많은 연말에는 거칠면서도 시크한 스타일이 돋보이는 가죽 재킷이겠지?

가죽 재킷

무슨 소리!
주인님은 나같이
빈티지하고도
프리한 룩을
자랑하는 야상이
어울린다구!!

야상

글쎄… 활동적인
주인님의 성격으로
봤을 때 가볍고
스포티한 나
패딩 점퍼가 선택될
것 같은데…?

패딩 점퍼

바보 같은 놈들!
이제 격식을 갖춘
품위 있는 모임이
많을 때다.
그런 곳에는 나 같은
코트를 입어 줘야
댄디한 멋이 살지!

코트

다 틀렸어!
주인님은 내가
잘 알아!

왜냐하면 내가
주인님과 함께한
세월이 가장
많으니까.

오리털 파카

멋? 스타일? 오늘 같은 강추위에는 그딴 거
다 소용없다! 결국 제일 중요한 포인트는
보온이야. 그리고 나같이 푹신하고 따뜻한
오리털 파카가 바로 그 정답이지.
주인님은 분명히 날 선택한다!

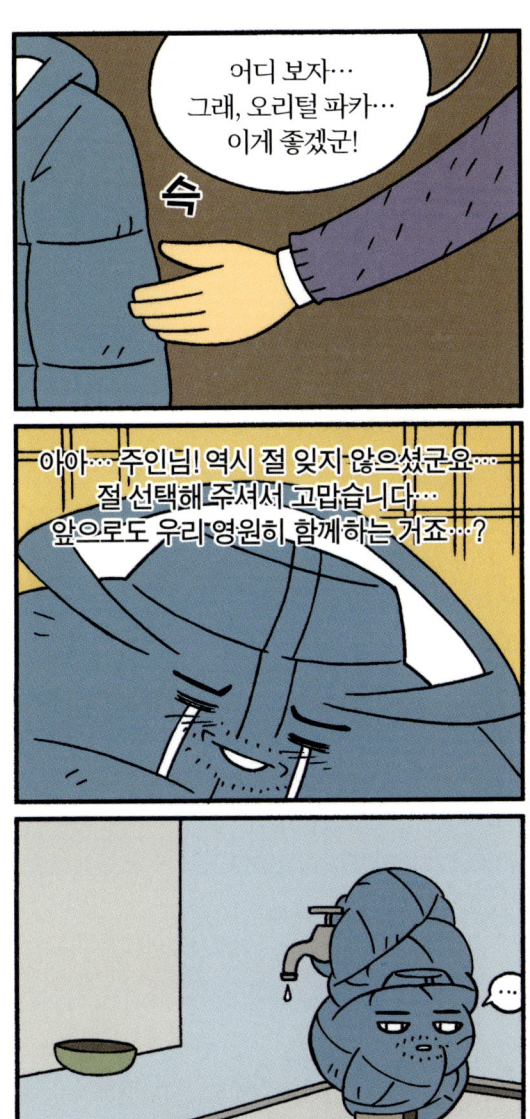

33. 겨울옷 우리나라 학생들이 노스페이스 패딩 점퍼를 많이 입는 이유는

교육이 산으로 가기 때문이라는,
우습지만 전혀 우습지 않은 얘기를 트위터를 통해 들었다.
사실 학생들이 뭘 입건 뭐 그리 대수인가.
한때는 나이키가 '아도'칠 때가 있었고 아디다스가 갑일 때도 있었다.
오리털이 대세일 때도 있었고 더플코트가 윈터 하이스쿨 룩의 모범 답안일 때도 있었다.
그건 그렇다 치고…
뭐, 학생들은 입을 옷이라도 있는데
와이프가 오리털과 더플코트를 갖다 버린 나는 이제 뭘 입나?

34 달력

2010년 12월 31일.
생명이 위태로운 달력 군이 있다.

후후… 이제 내 목숨도 몇 시간 남지 않았군… 2010년이 끝나고 제야의 종이 울리면 난 죽을 거야… 내 목숨은 딱 거기까지니까….

무슨 소리야, 달력 군!! 네가 죽긴 왜 죽어!! 힘내라구!!

그렇게 애써 날 위로하려 하지마. 어차피 달력에게 주어진 생은 고작 1년뿐인 걸… 갈 때가 되면 가는 거지, 뭐… 하하….

우루**_시한부 인생… ㅠㅠ | **177**

34. 달력 우리 집은 달력을 많이 쓴다.
방마다 벽에 하나씩 있고 거실에도 있고,
업무용 탁상 달력을 따로 작업대 위에 놓고 쓴다.
결론은 그래서 달력이 많이 필요하다.
그리고 이제 슬슬 은행에서 달력을 나누어 주는 계절이 오고 있다.
서둘러 은행에 가서 1년 묵은 통장을 정리하면서 슬쩍 달력을 받아 오는 거다!
물론 보너스로 눈치도 듬뿍 받겠지.

35 커피와 담배

정말 친하고 좋은 사이인
자판기 커피 양과 담배 군.

잘 가,
아미고

담에 봐—

하지만 남녀의 사이는 아무도 알 수 없는 법.

자신들도 미처 모르는 사이에
서서히 서로에게 끌리기 시작한 그들.

35. 커피와 담배 보통 모르는 사람에게 "담뱃불 좀 빌릴 수 있을까요?"

라고 묻는 의도는, 혹시 라이터나 성냥이 있으면 잠시 빌려 달라는 뜻일 거다.
그런데 만약 입에 물고 있던 담배를 빼서 건네준다면?
뭔가 좀 묘한 분위기가 될 것 같다.
심지어 입에 문 채로 "자, 불 붙여가세요" 하며 고개를 내민다면?
자신 있게 불 붙여 갈 수 있을까?

36 카세트와 비디오

요즘 CD인지 DVD인지 하는 젊은 것들은 영 낭만이 없어.

맞아. 뺀질뺀질 해 가지고는 손맛 이 없다니까.

생각해 보면 옛날이 참 좋았는데… 자네 기억나나? 20년 전인가 일출을 보겠다고 밤새…

아, 잠깐만.

꾹 REW

36. 카세트와 비디오 지금 작업대 아래에는 내가 과거에

사 모은 음악 카세트테이프 200여 개가 종이 박스 안에서 잠자고 있다.
그리고 TV 아래 수납장에는 VHS 비디오가 잠자고 있다.
사실 둘은 갖고 있어 봐야 쓸모가 없는 조합이다.
차라리 카세트가 있든지 비디오테이프가 있든지 하면 모를까,
비디오로 카세트테이프를 재생할 수는 없으니까.
아마 이 고물 비디오를 갖다 버리면
이 고물은 어물쩍어물쩍 흘러 흘러 형광색 냇물이 졸졸 흐른다는
어느 중국 오지의 전자 제품 쓰레기 마을로 들어가
많은 사람에게 45678가지 알 수 없는 병의 원인이 될 지도 모른다.
뭐 그런 거창한 범인류애적 이유 때문은 아니고
그냥… 난 그것들을 갖다 버리기가 조금 망설여진다.

37 리모컨

이상과 야망이 가득한 리모컨 소년들.

자신과 세상에 대한 끊임없는 지적 호기심으로 지혜를 갈망하며, 그 세상 위에 우뚝 서고자 하는 꿈으로 끓어오르는 청춘들이다!

나는 누구인가?!

우주는 어디서 와서 어디로 가는가?

이것 보라구! 우린 아직 우리 자신조차 제대로 모르고 있다구! 이 버튼의 기능은 뭔지, 또 이 버튼은 뭐하는 버튼인지도 몰라!!!

TV 리모컨

맞아! 조물주가 주신 이 수많은 재능의 버튼들을 우린 거의 쓰고 있지도 않잖아?!! 이런 게으른 자세로 어떻게 세상에 나갈 수 있겠어?!

DVD 리모컨

그렇다면 우리 각자 최선을 다해 수련을 하여 최고가 되어 다시 모이도록 하자!

오오… 좋은 생각이야!

오디오 리모컨

그리하여 3년 후에 다시 만날 것을 약속하며 구도의 길을 떠난 리모컨 친구들.

끊임없는 수련과 정진으로 전에는
몰랐던 자신의 놀라운 기능들을 배우고,

스스로의 내면을 들여다보며
자신의 진짜 기능과 장점을 깨달아 간다.

이제 더 이상 어리숙한 소년이 아닌,
자신과 세상의 원리와 이치를 깨달아
실력과 자부심을 갖춘 어른이 되어,

37. 리모컨 인류 최고의 발명품은 무엇일까?
난 리모컨이라고 생각한다. 그 다음은 AAA건전지이다.
(참고로 세 번째는 TV이다.)

조심스럽게 만남을 이어 가는 비누 커플.

비순 씨, 저기… 실례가 안 된다면
그 오른쪽 뺨의 녹색 반점이 무언지
여쭈어 봐도 될까요?

아… 네…

이건… 제가 오래전에 사랑했던
어떤 비누의 흔적이에요…

그는 열정적인 비누였어요. 자신의 몸 따위는
돌보지 않고 너무 열심히 비누칠을 했던 거예요.

너무 거품을 많이
만들며 살았나…
이렇게 작아질 정도로
녹아 버리다니…
안녕… 난 이제
틀렸어….

안 돼요! 비돌 씨,
비돌 씨-!!!

꼴까닥

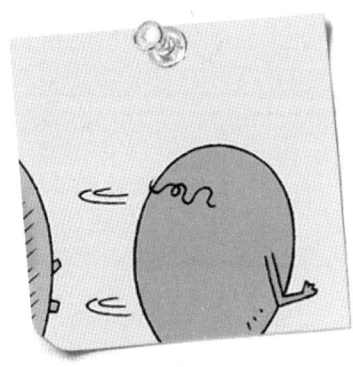

38. 비누
웬만한 공중 화장실에서도 이젠 샴푸나 거품 스타일의
세정제를 쉽게 볼 수 있다.
그러나 가끔 공중 화장실에서 손을 씻는데
그냥 '비누'가 있으면 어쩐지 손이 가지 않는다.
심지어 너무 오래돼서 쩍쩍 갈라져 있고 말라비틀어진 비누라면 더욱 꺼려진다.
수많은 사람들의 손과 얼굴 등을 (어쩌면 그 이상의 부위까지도) 거쳤을
오래된 비누의 위생 상태를 과연 신뢰할 수 있느냐는 거다.
혹시 그 비누로 세면대를 청소하고 바닥을 닦았을 지 비누 말고 누가 알겠는가?
물로 빡빡 씻는 수밖에….
그러니까 화장실을 이용하는 남성 여러분, 물로라도 빡빡 씻고 나갑시다.

39 아이스크림

인기 아이돌 그룹 ICE IDOL 31!

ICE 31 IDOL

꺄아악─ 꺄아!

멋지고 개성 넘치는 서른한 명의 아이스크림
멤버들이 구름 같은 소녀 팬들을 몰고 다니는
인기 절정의 초특급 아이돌 댄스그룹!

하지만 세상일이 다 그러하듯
모든 멤버들이 다 똑같이 인기가 있는 것은
아니었으니…

제리 큐빌레
너무 멋쪄 ♥

하지만
우리 세팅스타
옵빠가 칙오지!

JERRY
QUBELLE

SETTING
STAR

누군가는 모든 사람의 사랑을 듬뿍 받는가
하면, 또 누군가는 그 그늘에 가려져
존재조차 희미한 것이었다.

여기 바로 그 존재조차 희미한 멤버가 있다.

이름: 파라다이시움 엠퍼러

늘 자신의 인기 순위에 전전긍긍하던 그는
어느 날 팬카페에서 익명으로 멤버 인기투표를
제안한다.

ICE IDOL 31

마침내 투표가 끝나고 ICE IDOL 31 멤버들의
인기 순위를 확인하는데…

1위, 아빠는 우주인. 음… 그래 뭐
이 녀석은 내가 봐도 잘생겼으니…
2위는… 제리 큐빌레. 그래, 이 녀석도
노래 잘하고 센스 있지.

1위 : 아빠는 우주인
2위 : 제리 큐빌레
3위 : 다이아몬드 퐁퐁

뭐야… 근데 난 왜 안 나오는 거야?
이거 불안한데… 설마…

14위 : 닐라닐라바닐라
15위 : 보람과 함께 사고 치다
16위 : 세팅스타
17위 : 포스 오브 요거트

꽤액!! 내가 32위라구??!! 나 꼴등인 거야??!!
아니 잠깐, 왜 31위가 아니고 32위인 거지??
도대체 31위가 누구야??!!!

31위 : 드라이아이스 (매니저)
32위 : 파라다이시움 엠퍼러

매니저보다 존재감이 없는 그였다⋯⋯

aw**_힘내라, 파라다이시움. 넌 드라이아이스보다 달콤하다 | **205**

39. 아이스크림 가장 크고 많으며 유명한 아이스크림 체인,

베스킨라빈스 31.

고객들의 입맛을 사로잡기 위해 자고 일어나면 새로운 종류의 아이스크림이
등장할 정도로 매일매일 치열한 맛의 경쟁이 벌어지는 곳이다.

그러나… 오래 살아남는 신 메뉴는 거의 없다.

대부분 잠시 반짝하다 냉동 창고 뒤편으로 조용히 사라지고 만다.

그리고… 인기 있는 메뉴는 결국 클래시컬한 원년(?) 멤버들. 역시 구관이 명관인가.

그냥 먹던 거 먹자. (이 법칙은 피자, 햄버거 체인에도 비슷하게 적용되는 것 같다.)

40 교통카드

그녀는 정말 깐깐하고 도도했어요.

처음 만났을 때부터 그녀는 제 과거를 단번에 눈치채더라구요.

환승입니다.

삑

아… 네… 사실 얼마 전까지 사귀던 승하차 단말기가 있었습니다. 하지만 진짜 깨끗이 다 끝난 사이입니다!

40. 교통카드

교통카드 단말기의 여러 가지 멘트 중에서
가장 창피한 멘트는 아마 "잔액이 부족합니다"일 것이다.
단지 교통카드 잔액이 부족할 뿐인데
미리 충전을 안 해 놓은 게으름뱅이가 되는 거 같고,
돈 한 푼도 없는 거지가 되는 거 같고,
그걸 또 사람들 많은 데서 큰 소리로 또박또박 아나운서 톤으로 일러 주는
여자(?)에게 면박 당하는 거 같고…
그래서 난 정말 '부족한' 사람이 되는 거 같고….
그러니 멘트를 이렇게 바꿔 달라. "잔액만 부족합니다"

41
깍두기

잔혹하기로 소문난 갱단 '깍두기파'.

오랜 어둠의 삶에 지친 깍두기파 보스는
이제 갱생의 새 삶을 살기로 결심한다!

하지만 막상 새 출발을 하자니 어디서 어떻게
시작해야 할지 막막하구나… 그동안 난
아무것도 모르고 너무 막 살았던 건가….

자, 이 할미가 입에 넣어서 깍두기 하나도 안 맵게 만들었다. 얼른 아 ~ 해봐.

보스는 어둠의 길을 계속 가기로 마음먹었다.

묻어 버려!

41. 깍두기 깍두기와 모양은 비슷하지만 색과 맛은 전혀 다른 '치킨 무'가 있다.

그리고 보통 치킨 무는 순수한 하얀색이다.
한 번은 치킨을 주문했는데 배달 온 이 치킨은 다른 집 것과는 뭔가 달랐다.
바로 우리가 아는 하얀 치킨 무 대신 노란 파인애플을 제공했던 것.
난 몹시 감동해 "그래, 파인애플은 단백질을 분해해 소화를 돕는 기능이 탁월하지."
하며 파인애플을 입에 넣는 순간,
그건 노란 색소물을 들인 "노란 치킨 무"라는 걸 깨달았다.

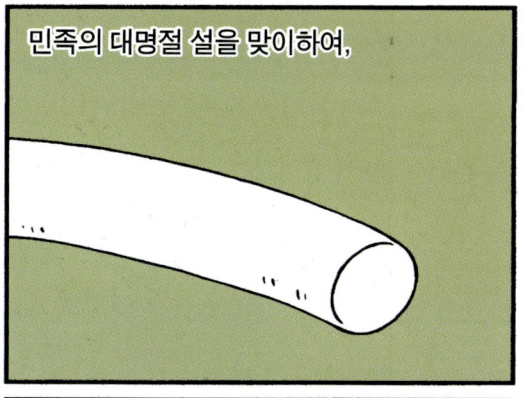

민족의 대명절 설을 맞이하여,

뿔뿔이 흩어지게 된 가래떡 형제들.

대부분은 떡국이 되어 그 짧은 생을 마무리하고,

따끈

42

**가
래
떡**

이깡**_길게 자른 김에 가래떡 말아 먹으면 맛있는데… ㅋㅋ **217**

떡국이 되지 않은 가래떡은 그냥 구워지거나,

떡볶이,

떡라면, 떡꼬치 등 험한 세상의 음식이 되어 격동의 설 연휴 기간에 불귀의 객이 되고 만다.

Like a food over troubled water…

42. 가래떡 설날에 떡국으로 가장 인기가 많은 가래떡.

떡국에 들어가는 가래떡을 어슷썰기하여 타원형으로 만드는 이유는
돈과 비슷하게 생겼기 때문에, 말하자면 떡을 섭취하는 행위를 통해
돈을 버는 결과를 기원하는 일종의 주술적인 식사였다고 할 수 있겠다.
그렇다면 가래떡 뻥튀기를 먹는 의미는…
엄청 큰돈을 벌게 해 달라는 의미인가?
(하지만 뻥튀기는 속이 텅 비어있고 가벼우니 결국 돈을 많이 벌어 봐야
인생이 공허해진다는……)

43
라
이
터

아이구 머리야…
어젯밤엔 너무
달렸어… 껌대리,
자넨 괜찮나?

괜찮기는… 골이
빙글빙글 돌아가는 것이
어지러워 죽겠다구….

43. 라이터 남자들 세계에서 '잡기'라 불리는 기술이 있다.
실생활이나 업무에는 전혀 도움이 안 되지만
유흥 시간이나 회식 시간에 돋보일 수 있는 손기술 등을 말한다.
그중 '라이터로 병 따기'는 기본적이지만
절도 있는 동작과 경쾌한 효과음으로 큰 호응을 얻는 사나이의 기술이다.
숟가락, 젓가락 등으로 응용이 가능하며
가끔 쟁반, 우산, 구두로 시연 가능한 사람도 있다 한다.
가히 국제기능올림픽 열일곱 번 종합 우승에 빛나는 나라의 국민답다.
그러나 분명히 말하지만 실생활이나 업무에는 전혀 도움이 안 된다.

44
인삼

손오공 인삼과 기뉴특전대장 인삼 간의 처절한 사투.

에네르기파
−!!!!!!

죽어랏−!!!!!!

그렇게 베지터의 고속 회복 장치에 들어가,

오랜 시간을 보낸 손오공 인삼은…

잘 익은 인삼주가 되어 갔다.

이제
조금만 더
묵히면…
캬아…

44. 인삼 인삼에 대한 이야기를 해야 하지만

그냥 만화 얘기를 해야겠다.
〈드래곤볼〉, 그 당시 만화를 보는 남자들은 다 그랬겠지만
나도 〈드래곤볼〉에 미쳐 있었다.
오죽하면 〈드래곤볼〉 짝퉁 〈피닉스볼〉이라는 만화를 그렸겠는가.
(물론 발표된 적은 없다. 연습장 코믹스였으니.)
심지어 내 꿈은 과학자도 만화가도 아니고
전투력이 7억5천만이 되는 것이었다!
지금도 만약 인삼주와 〈드래곤볼〉 전집 중 하나를 선택하라면
난 당연히 〈드래곤볼〉 전집이다.
그리고 인삼주보다 차라리 하이네켄이 좋다.
난 아직 아저씨가 아니다!

45 손난로

손난로.
한때는 그가 똑딱이를 슬쩍 누르기만 해도,

따악

온 세상이 후끈후끈 달아오르던,
잘나가던 시절이 있었지만…

후끈

후끈

이제는 세월이 흘러 차갑게 식어 버린 그는
더 이상 뜨거운 열기를 만들 수 없었다.

45. 손난로 똑딱이 손난로, 흔들이 손난로 다 필요 없다.
당신의 주머니 안에서 당신의 손을 꼬~옥 잡아 줄 진짜 '손 난로' 가 최고다.
물론 구하기는 쉽지 않으나 난로같이 뜨거운 당신의 마음이 식지 않는 한
언젠가는 '손 난로'를 붙잡고 걸을 날이 올 거다.
그때까진 슬프지만 혼자 팔짱이라도 끼고 걷는 수밖에….

한 번 가면 다시는 돌아올 수 없는 곳으로…
하지만… 정말 가고 싶지 않아… 난 아직
준비가 안 돼 있다구…!

할 수만 있다면, 아니 한 번만 더 내게
기회가 주어진다면… 아아….

1234/5번!

'그분'의 생각이
바뀌셨다.
다시 돌아가도록!

46. 봉투 직장을 다니지 않는 나는 사직서의 정체를 모른다.

심지어 반드시 깨끗하고 격조(?) 있는 하얀 봉투 속에 넣어서
제출해야만 하는 법이 있는 건지, 없는 건지 조차도 잘 모른다.
하지만 일을 그만두고 싶지만 그만둘 수 없는 현실을 모르진 않는다.
집에 금송아지가 있지 않는 이상은 결국 다 사는 모양은 비슷비슷한가 보다.
근데 사직서 안 내고 회사 그만두면 어떻게 되는 거지?
퇴직금이 안 나오나? 난 원래 없는데.

이곳은 화장의 중심, 코스메틱 주식회사!
하루가 시작되는 순간, 이곳은 전쟁터로 변한다!

두 둥

폼클렌징 세안 완료!!
제 1단계 기초화장 시작!! 피부를
정돈하는 토너와 눈가의 잔주름을 막는
아이크림을 투입하라!!

에센스는 영양과 수분 공급을 하고
다음 단계로 촉촉하고 부드러운 피부
유지를 위해 로션을 투입한다!!!

47. 화장품 남성용 화장품은 회사나 브랜드마다

이름이 조금씩 다르지만 결국 딱 두 가지가 있다.
"투명한 거" & "안 투명한 거"
물론 요새는 남자들도 외모에 관심이 높아져서 다양한 남성용 화장품들이
있다고 한다. 아마 이런 종류들도 있나 보다.
"면도했을 때 바르는 거" & "면도 안 했을 때 바르는 거" (아닌가……?)

별이 몹시도 총총히 빛나던 밤이었어.

한가롭게 숲을 산책하던 나는
그만 허공에 떠 있던 그걸 보고만 거야.

그래··· 그건 UFO였어!!

UFO는 크고 검은 원반형이었어. 녀석은 적당한 자리를 고르는 듯 몇 번 공중을 선회하더니,

부드럽고 천천히 땅 위로 내려앉았어. 한참을 땅에 들러붙기라도 한 것처럼 꿈쩍하지 않았지.

그리고… 문이 열렸어.

그만 감질나게 하고 얼른 나도 좀 줘 봐!

꿀꺽

쩝쩝

헤헤… 그럼 자… 먹어 봐! 어때? 맛있지?

음… 맛있긴 한데… 뭔가 느낌이 쎄하다…

헤헤헤

쩝쩝

바퀴벌레는 먹이를 게워 내어 서로 나눠 먹는 습성이 있다.

좀 어지러운 거 같기도 하고…

약 먹은 바퀴벌레의 환각 체험담 끝.

48. UFO 붙이는 바퀴벌레 약은 일단 설치만 해 놓으면
바퀴벌레들이 알아서 먹고 알아서 죽는다 하니
손 안 대고 코 푸는 것처럼 편하다.
하지만 바퀴벌레들이 언제 어디서 죽는지 확인할 길이 없고
죽은 사체가 집 안 어딘가에 누워 있다고 생각하면 찜찜한 기분을 떨칠 수 없다.
정말 붙이는 바퀴벌레 약이 UFO가 되어 바퀴벌레들을 싹 싣고
우주 어딘가로 날아가 준다면 좋겠다.
(아, 안드로메다는 안 된다. 인류가 보낸 개념을 주워 먹고
고지능 바퀴벌레가 되어 돌아오면 곤란하니까…)

49 태극기

1919년 3월 1일, 정오.

전국에서 일제히 태극기들의 독립 선언과 만세 운동이 시작되었다.

대한독립 만세!!!

거리는 밀물처럼 밀려 나온 태극기들과 독립을 외치는 목소리로 가득했다.

대한독립 만세!

대한독립 만세!

그러자 일장기들이 나서서 이 평화운동을
총과 칼로 무자비하게 진압하기 시작했다.

빠이아!!!

탕 탕
탕

수많은 태극기들이 일제의 총탄을 맞고
피를 흘리며 쓰러졌다.

탕
탕
탕
탕

태극기들은 이에 굴하지 않고 총구 앞에서
당당히 독립을 외쳤지만,

어떤 태극기들은 자신을 붉게 칠했고,

치익

또 어떤 태극기들은 항복의 백기(白旗)라도
되려는 듯 자신을 하얗게 칠하기도 하였다.

백

그렇게… 태극기들의 간절한 염원은
일제의 폭압에 무릎 꿇는 듯했다.

하하하
고레가
닛뽄노
빠워다!

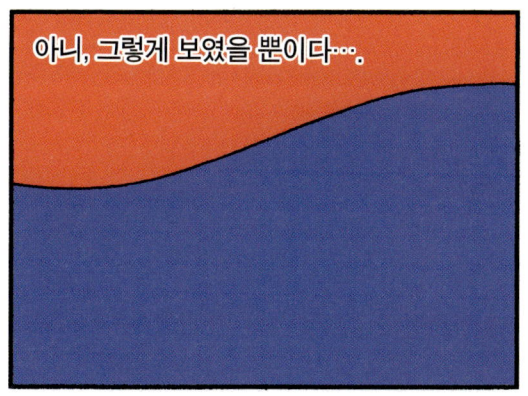

아니, 그렇게 보였을 뿐이다….

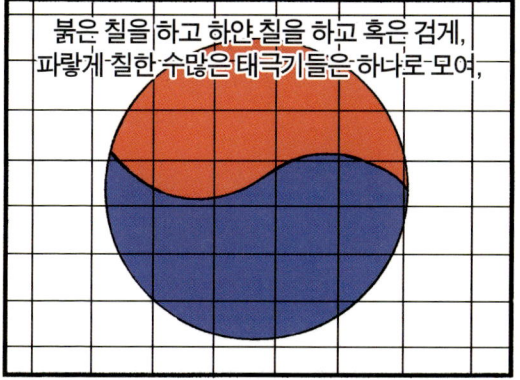

붉은 칠을 하고 하얀 칠을 하고 혹은 검게,
파랗게 칠한 수많은 태극기들은 하나로 모여,

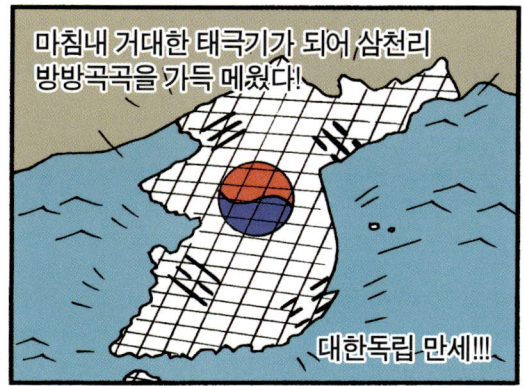

마침내 거대한 태극기가 되어 삼천리
방방곡곡을 가득 메웠다!

대한독립 만세!!!

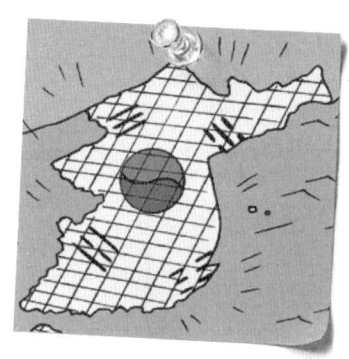

49. 태극기 우리나라 국기인 태극기. 사실 태극기는 그리기 조금 복잡하다.

일본 국기만 봐도 정말 심플하고 쿨하지 않은가.(물론 그들의 민족성과는 별개로.)
특히 사방의 '괘'는 정말 헷갈리기 딱 좋을 만큼 비슷비슷한 모양이다.
그러나 투정 부리지 말자.
사우디아라비아나 브라질에서 태어나 국기 그리기 시험 같은 걸 봤으면 어쩔 뻔 했을까!
(개인적으로 외워서 그리기 가장 어려운 국기는 영국 국기라고 생각한다.
이거 레이아웃이 미묘하게 오묘해서 보고 그리기도 힘들다.)

50 삼겹살

상추, 마늘, 쌈장, 기름장, 버섯…
모두 나의 좋은 친구들이다. 함께하면 언제나 유쾌하고 즐거운 최고의 친구들!
아하하하
어허허허
하지만 난 왜 이리 가슴 한 편이 허전하고 공허한 걸까? 아주 중요한 무언가가 빠진 듯한 이 기분은…

지드**_삼겹살의 동그란 건… 물렁뼈? ㅋㅋ

보고 싶다… 미칠 듯이 보고 싶다…!
내 삶의 반려자, 내 영혼의 동반자…
이제 두 번 다시 볼 수 없는 그녀…

소주 양!

삼겹살 군♥…

크흐흐흐흑… 소주 양…
왜 날 버리고 간 거야…?
자꾸 생각나… 너 없인
살 수 없어… 으흐흑….

야, 삼겹살 군!
그깟 소주는
잊어버리고…

아아- 너무나 그리웠던 알코올 향기!!
느끼했던 내 마음을 달래 주는 이 알싸한 느낌!!
오오, 당신은 정말 소주 양…?!

내가 목욕한 물이야. 어때,
제법 소주 양이랑 비슷하지?

물티슈

후릅

요식업소용 물티슈에는
미량의 알코올 성분이 들어 있다고 한다.
믿거나 말거나….

50. 삼겹살 타이틀은 삼겹살이지만
사실 이 에피소드의 주인공은 '물티슈'이다.
당시 이 에피소드의 아이디어를 그리기 위해 난 실제로 물티슈 회사에
전화를 걸어 '알코올' 성분의 유무를 확인하는 수고를 마다하지 않았다.
치밀한 과학적 고증에 입각한 사실주의적 작가주의(뭔 소리지?)의
신념은 아니었고…
그냥 마땅한 다른 아이디어가 없었다.
그래서 그 아이디어로 어떻게 죽이든 밥이든 만들려고,
또 기왕이면 밥으로 만들려 했던 엄마의 마음이었나 보다. (이건 또 뭔 소리지?)

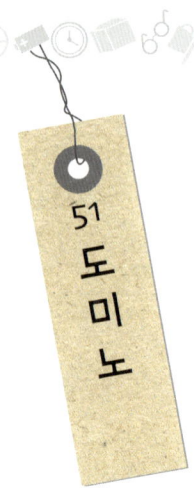

51 도미노

한 도미노가 있었다.

어느 날, 다른 도미노들이 나타나 그의 앞을 가로막아 서기 시작했다.

그렇게 도미노의 수는 점점 불어났고 대열의 앞쪽에서는 맨 앞자리를 차지하기 위한 다툼이 끊이지 않았다.

맨 앞에서는 시원한 바람도, 따뜻한 햇볕도, 멋진 풍경도 맨 먼저, 가장 많이 차지할 수 있기 때문이었다.

반면 맨 뒤는 춥고 어둡고 바람 한 점 불지 않는 삭막한 곳이 되었고,

결국 병약해진 맨 뒤의 도미노는 쓰러지고 말았다.

툭

곧 대열의 끝에서부터 도미노들이
성난 파도처럼 쓰러지기 시작해
무서운 속도로 대열의 앞을 덮쳐 왔다.

촤르르르륵

이에 놀란 앞쪽의 소위 '도미노 지도층' 은
고심 끝에 기막힌 대비책을 내놓았다.

좋았어.
좌우로
정렬!!!

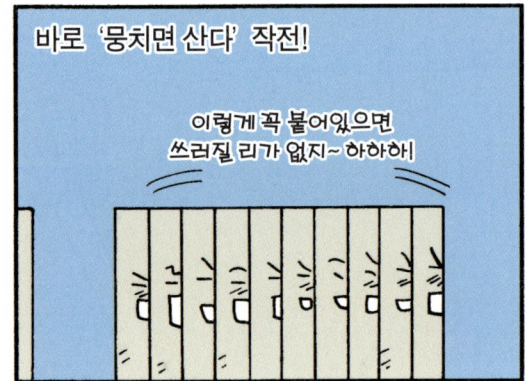

바로 '뭉치면 산다' 작전!

이렇게 꼭 붙어있으면
쓰러질 리가 없지~ 하하하!

51. 도미노 이 에피소드를 그리면서 가장 어려웠던 점은
바로 "운동량 보존의 법칙" 이라는 이름을 떠올리는 것이었다.
나란히 늘어서 있는 진자들의 한쪽을 치면 반대쪽 맨 끝의 진자가 움직이는 실험의
이미지는 생각나는데 그 물리법칙 이름이 뭔지 도통 생각이 안 났다.
결국 집단 지성의 힘 SNS에 SOS를 요청, 나는 그 물리법칙의 이름을 알게 되었고
팔로워들은 고리타 씨가 무식하다는 것을 알게 되었다.
도움을 주신 모든 팔로워분들께 감사드립니다.

52 타이어

지금 논산행 열차가
들어오고 있습니다.

사륜구동역

← 전륜역 | 후륜역 →

아버지…

흑…

뭔 사내 녀석이
아침부터
눈물 바람이냐.

엄마한테
안부 전하고….

우리나라 전국의 늙은(?) 타이어란 타이어는
죄다 모이는 것으로 생각되는 곳…

흑흑흑

아버지!
몸 건강히 잘
다녀오세요…!

덜컹

덜컹

군대

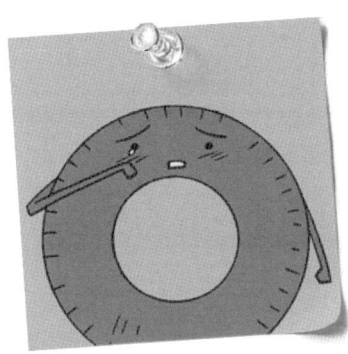

52. 타이어
군대 이야기를 그리 좋아하지 않지만
이상하게 만화를 그리면 군대 이야기 비중이 은근히 많다.
아마 군대라는 특수한 공간에서는 평범한 사물들이
"특수"하게 쓰이는 예가 많기 때문이 아닐까 생각한다.
타이어도 그렇다. 나는 군대에 오기 전까지는 타이어가
그렇게 쓰임새가 많은 물건인 줄 몰랐다.
군대에서 타이어는 야전교장의 의자, 연병장의 울타리,
유격 훈련장의 교보재 등으로 쓰인다.
그중 가장 엽기적인 용도는 드럼통 난로의 땔감.
시커먼 독가스와 철심이 터지는 파열음, 지옥불이 따로 없다.

처음엔 그저 친한 친구였다가
서로에게 조금씩 흔들리기 시작했던 그들.

하지만 그날의 사건 이후로 둘은 다시
좋은 친구 사이가 되었다.
그렇게 시간은 무심히 흘러갔다.

그러던 어느 날.

응?
자판기 커피 양?

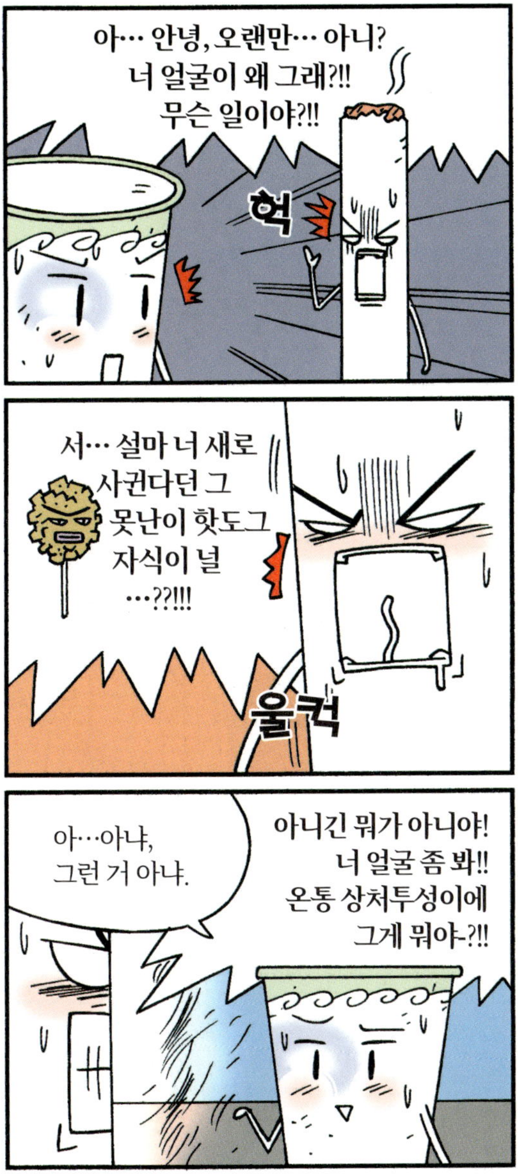

53. 자판기 커피와 담배 나는 운동신경이 몹시 둔하다.

숨쉬기와 걷기 정도만 남들 평균치 정도로 가능하고
(그나마 최근엔 천식으로 숨쉬기도 남들보다 "둔하게" 되었다.)
그 외 거의 모든 운동 능력은 평균 이하의 수준이다.
그런 내가 컵차기처럼 정교한 발재간이 요구되는 구기(?)종목을
잘할 수 있을 리가 없었다.
아니, 사실 내가 컵차기를 못했던 이유는
"왜 컵을 차야 하는가" 하는 목적의식의 결여 때문이었다.
난 간디 작살나는 비폭력주의자였으니까.

나라의 부름을 받고 정든 고향을 떠나
군대에 간 엘리베이터 군.

오늘은 군사훈련의 기초 중의 기초라
할 수 있는 제식훈련을 실시하겠다!

부대 차렷! 좌향좌!!
좌우로 정렬!!

교관

엘리베이터 군은 늘 상하로만 움직였었다.

교관님의 애정 어린 가르침으로 좌우를 깨친 엘리베이터 군.

사회에서 엘리베이터 군은 짝수 층만 운행했었다.

교관님의 열정적인 교육으로 홀짝까지 깨친 엘리베이터 군.

54. 엘리베이터
1층에서 다 함께 엘리베이터를 탔는데,
2층에서 내리는 사람이 있다.
그 사람이 뭘 잘못한 것도 아닌데 이상하게 얄미운 생각이 든다.

음··· 전 그렇게 생각합니다.

한바탕 웃음이 피톤치드나 음이온보다 건강에 더 좋다.
이 책의 마지막 장을 덮는 순간, 한결 건강해진 당신.
다음에 2권까지 구매하시면 무병장수 불로장생을······